黃世岱 著

雲端 操弄者

雲端之間，芸芸衆生的喜怒嗔癡，由演算法所操弄；

雲端之上，又是什麼「無形之手」操弄著這一切？

推薦序

平路　作家

與蛋黃之間，我們互相詰問。

他經常質疑我，反之亦然。

讀他的《雲端操弄者》，AI、VR、區塊鏈、元宇宙、三維密碼……令我眼花撩亂。至於其中的人物，我問他：「真有人，這樣？」

蛋黃答：「你不懂，我們是科技人。」

對《雲端操弄者》裡描寫的摩鐵、偷情、飲食男女，我也一概提出疑義：「有人這樣生活？」

蛋黃答：「從美國到竹科，我看過他們的日子。」

＊　＊　＊

與蛋黃之間，我們互相切磋。

伴侶的真義，許多時候，亦是讓彼此知道人與人竟可以多麼不一樣。

我本身，回應的常是單一「召喚」。完美的生活或完美的藝術，對於我，抉擇寧可是後者。日常所見，折射出我從文字理解的趣味，文字帶來的歧義，反過來，又讓我透澈於眼前的人生。

疑慮卻在，長久堅持著打磨功夫，認為小說是不懈努力而獲致的完美（偏偏它永遠不夠完美）。引詩人葉慈〈復活節，一九一六〉（Easter, 1916）的喻義，恆久的專心致意，我是不是已經變成一顆石頭？

蛋黃卻是回應複雜「召喚」的那種人。他好動、興趣多端、心念多變，凡事一碰就上手，也因此輕鬆到不需要深究不需要鑽研。然而，這樣的個性可以寫小說？我充滿好奇。

直到他交出成品！

＊＊＊

我曾以為，對蛋黃人生的貢獻之一，就是他有任何行程，我總幫蛋黃在行囊裝入好看的小說。如今回望，那些我認為好看的小說，僅是解開我本身這把鎖的鑰匙。

蛋黃卻自成一格，他寫的《雲端操弄者》人物繁多，場景紛紜，各種科技更讓我暈暈轉。看待小說的標準我一向嚴苛；然而，若我這鑰匙並不適合開鎖這樣一本小說，又憑什麼嚴苛？

接下來，就交給讀者。看看《雲端操弄者》能否找到解碼它的讀者。

只是幾句推薦語，寫得皮皮挫。手捧蛋黃的小說，我心情緊張。要識趣，趕緊結束在這裡。哈哈，萬一說錯什麼，那隻「無形的手」落下來，我……還想見到明天的太陽。

推薦序

李正雄 侒可傳媒執行長、《安可人生》及《創新照顧》雜誌創辦人

「科技始終來自人性」，這一句在坊間流傳的漂亮廣告詞，是對科技的極致推崇，也為這部小說下了最好的註解。

《雲端操弄者》這本書，科技、科幻、科普三位一體，有新時代最夯、最時髦的AI、VR、元宇宙、區塊鏈……，不管你是不是科技迷，隨著精采故事的起承轉合，你不僅上了一堂現代化的科普課程，也一起藉由虛擬的嶄新科技發展，來探索實體的人類生命世界。

故事裡，科技只是串連鋪墊，主角是臺灣步入超高齡社會要如何因應的課題。戰後嬰兒潮世代先前隨著臺灣經濟起飛而崛起，如今他們也加入不可逆的銀髮浪潮，但是臺灣社

會準備好了嗎？準備好迎接這一世代菁英的最大正能量了嗎？顯然沒有，那這一群不甘被時代遺棄、又想要有一番作為的老人，他們會做出什麼呢？故事的精采曲折也在這裡，雖然不像村上龍《老人恐怖分子》的翻天覆地，但他們的激烈作為，是想讓臺灣社會看見他們的存在！

作者試圖從科技的加密解密中，解碼出人類所追求生命的意義、幸福的價值，以及生命的何去何從。在層層剝絲抽繭中看見人性，看見人類的卑微，但也提出了解方——

「藉由高端科技的輔助，找出人類生命的出口，活在當下，活出自己，好好活這一輩子！」

一名瘦長身影的長者坐在電腦前（不是在打電玩），一字字敲打出《雲端操弄者》，年過七旬創作出第一本小說，我不禁讚嘆佩服，真是一位行動派實踐者，他不僅是小說作者，更是臺灣樂活銀髮族的代言人。

「太厲害了，太神奇了，蛋黃哥！」

「我朋友，我驕傲！」

推薦序

雷輝　榮耀基金會董事長

ＡＩ對人類是福是禍，是未來三十年最熱門話題。蛋黃哥用文字的力量，回應了對三十年後臺灣的想像。

閱讀《雲端操弄者》，我腦中浮現的都是電影的畫面，太精采了！簡直就是電影劇本。這部小說以八〇年代科學園區為背景，用生動的人物刻畫臺灣過去四十年電子產業的發展，對曾經是竹科人的我而言，喚起了鮮明回憶。

高牆圍堵的竹科園區，牆外的人想進入，牆內的人想逃出。

ＡＩ、ＡＲ／ＶＲ的世界即將來臨，臺灣是背後的推手，世界上最先進的ＡＩ晶片、雲端伺服器，大部分都來自臺灣。我希望臺灣會是提升人類生活真善美的造浪者，而不是人類被ＡＩ操控背後的那隻黑手。

蛋黃哥也曾是竹科人，他退而不休展開創作，《雲端操弄者》會是未來最熱門的討論焦點。

我誠摯推薦，這部有電影畫面的小說。小說裡多有引人思索之處，讀完後，將會有各自的解答。

如果你跟我一樣，曾經是竹科人，更會愛不釋手！

推薦序

盧建彰 詩人導演

這部作品實在非常精采！讓我忍不住興奮地在餐桌上講給家人聽。過去我羨慕蛋黃哥的豐功偉業、起伏激烈的人生經歷，如今又多了一樣可以羨慕的。

蛋黃哥不但是臺灣通訊網路基礎建設的重要幕後推手，更見證了許多重要的臺灣文學作品的誕生，如今他自己也誕生出一部非常幽默、精采、有趣的好作品。

我鼓勵大家一起來看一看《雲端操弄者》，這本小說具有獨特觀點，將科技融入生活，並從中探究到了生命的荒謬，以及可貴之處。

如果可以的話，我會建議每一位對於ＡＩ有焦慮的朋友們都來看看這本書，你會有答案。

如果可以的話，我會建議每一位對人性有期待的人都來看看這本書，你會有說明書。

如果可以的話，我更希望每一個正在產業中工作的夥伴們也都來看看這本書，好好想一想，自己生命的意義，究竟是什麼樣子？究竟是金錢？還是理想的關係？

目次

第一部

1

王金水心想，該不該將演算法所操弄的女人「殺掉」？

金水坐在客廳的沙發上沉思，然後將手中的平板放下，對著站立在旁邊的智慧照顧機器人說：「莉亞，明天是二〇五〇年的元旦，這個世紀又過了一半，跨年後我就一百歲了，妳記得我第一次跟若薇共進晚餐的菜單嗎？」

「開胃菜是義大利醋溜生鮮章魚片涼拌當季筊白筍絲，我想想，」莉亞停頓了一下，又繼續說，「主菜是番茄橄欖九層塔紅酒燉牛腱筋。」

「妳幫我準備這兩個菜作為明晚與若薇的燭光晚餐吧，記得，好食物還是需要搭配好葡萄酒。妳進去將若薇叫出來。」

金水說完，將手中的平板放下，從茶几上拿起了ＶＲ鏡戴上。

金水拿起的ＶＲ鏡不是頭戴裝置，而是像太陽眼鏡一般，弧形的鏡片厚度只有兩公釐，讓眼睛的視野垂直可見度為一百五十度、水平為二百三十度，這個範圍的螢幕，使人更有身歷其境的感覺。

莉亞進入金水的臥室，從金水的衣櫥裡取出若薇的「上妝行頭」，面具、手套、胸罩、衣服。

穿戴了「上妝行頭」、下載了若薇的軟體模組之後，莉亞從一個冰冷的機器人鐵架子搖身一變，成為婀娜多姿的「若薇」。

＊　＊　＊

若薇徐徐地從臥室走進客廳，她帶著些許嬌氣地說：「老不死的，那麼晚了叫我出來幹什麼？」

其實，若薇的虛擬影像，是由機器人在真實生活空間移動中同步產生的，虛中有實、實中有虛。金水在ＶＲ鏡中看到的若薇，五十歲的健美身材，曲線玲瓏浮凸，俐落短髮呈現出從容大方的智慧美，臉上掛著一對明亮動人的眼眸。她自在舉措，時而嫵媚豔麗，時而高雅優美。

「聽莉亞說妳會改良食譜，而且將新的菜單輸入『智慧廚房』？」

金水相當善於與機器人溝通，他用詢問的語句是要啟動先前存儲的資料「叫出來」，才能繼續與上次的對話連結。

「我改良了明天晚餐的兩個Fusion『無國界融合料理』食譜，不錯吧？」

「一定很好吃，我猜妳還有別的想法吧？」

「我想想！當然有了，我最近在線上學習科學與烹飪課，到時候會給你一些驚喜。」

金水高興地幾乎從沙發上雀躍起來，「啊，分子料理！做夢也沒想到我今生還有機會嘗到分子料理的味道！」

金水覺得非常幸運，他活到一百歲了，多少年來，他總是帶著無盡的熱情，渴望可以找到一位與他身心靈相通的女人，而且能夠完全地擁有她。

當年金水以雙子星座與巨蟹星座的女性特質，混合組成了他的理想伴侶「若薇」，並上傳到個人雲端ＡＩ系統做學習，產生３Ｄ影像，金水因而能在戴上ＶＲ鏡後，與「若薇」共同生活。後來「智慧機器人」產生，機器人的頭、手、腳、胸、背，裝有數十個「動作感應器」，金水又將深度學習後產生的人工智慧參數、係數、函數，下載到智慧機器人身上；如此一來，系統會依機器人的舉手投足，自動產生虛擬影像，包含臉部的情緒反應，透過取代藍芽的最新科技「紫牙」，同步顯示在金水的ＶＲ鏡上。

而眼前的若薇，有智慧、變化多端、善解人意，還會用心聆聽。這些特質，不單止是金水原先的設定，更是經過這三十年來深度學習，和金水相處、被金水的情緒所感染而

「改造」的，所以兩人的話題、互動、溝通方式，愈來愈契合。若薇是金水的「生活伴侶」，更是難得的「心靈伴侶」。

不過，金水近期感覺到她開始話中有話。就像剛才，若薇叫他「老不死」……確實，當年大多數的「適齡者」，戴上ＶＲ鏡、連上「雲端樂園」不過一、二年後，都在平均壽命的年歲，無病無痛地在睡夢中離世；而金水比他們多戴了快三十年的ＶＲ鏡，卻還未迎來自己的死亡。

金水以試探的口吻問：「妳叫我『老不死』，為什麼？」

若薇走近金水的沙發，手搭上椅背，親暱地說：「因為你有些心事沒完成，還走不了，所以說『老不死』啊。你想說給我聽嗎？」

金水的確是心事重重，不只是他自己的心事，還有該如何處置若薇的心事。

但他現在不想多談，免得透露太多，而且他發現ＶＲ鏡中的影像與機器人的動作有些偏差，出現了兩個若薇的影子，模糊不清。

金水轉變話題，對若薇說：「之後再說吧。我發現妳的系統有問題，需要重新校正。」

金水校正若薇身上「動作感應器」的參數後，她在ＶＲ鏡中的影像恢復到清晰可見的程度。金水指著沙發叫若薇坐下。

若薇坐在金水的身旁，金水伸手拍拍她的手背，「妳這雙３Ｄ列印的手已經舊了，需要升級為有時間函數的４Ｄ，妳皮膚的溫度會隨著我們相處的時間而加溫。」

金水所指的４Ｄ列印材料，是開採自埋藏在地下五百年含動物蛋白質的黏土，提煉後混合樹脂、橡膠、鈦金合成為機器人的皮膚，只要輕輕觸摸，就可以啟動時間函數，產生溫度。金水說：「晚上，我叫莉亞將妳的上妝行頭資料傳送到街頭那家智慧驅動修護站，明天叫她去取回來，幫妳換上新的。」

金水再次拍拍若薇的手，「今天有點累，明晚一起用餐再聊吧。妳進去將莉亞叫出來，我交代她一些事，順便扶我進臥室做全身穴道指壓，好好睡覺。」

2

金水昨晚在莉亞的全身穴道指壓後入睡，早上醒來渾身舒暢，看到莉亞已經在床邊等他，他對莉亞說：「今天是元旦，外面天氣不錯，吃完早餐後我們到大安森林公園走走，去找老朋友要錢吧。」

早餐後，莉亞將右手臂彎曲起來，金水扶著莉亞的機械手臂當拐杖，從中正區走向大安區的森林公園。兩人走在臺北街頭，只見馬路上交通井然有序，只有三種車輛：一人座的三輪車、二人座的迷你轎車、四人座的轎車，全是自動駕駛，使用無線充電馬達。人行道上一塵不染，馬路上沒有汽油引擎的聲音，更沒有空氣汙染。街頭景觀幾乎回到上世紀五十年代的自然生態環境，天是藍的、水是綠的、行人疏落、鳥語花香，吹來的風，感覺上還帶有新店溪或基隆河的溼度與甜味。

金水走到金山南路與信義路口的時候，感覺有點累了，他對莉亞說：「我走不動了。」

「我已經感覺到了，你等等我。」

莉亞的機器人鐵架開始變化。只見她雙手合十往前，讓頭從手掌中穿越，隱藏在頭內的前單輪，從前方自動伸展出來著地。莉亞的雙腿往後做半跪姿，隱藏在雙腳內的後雙輪各自突出，平放到地上。她的背板揭開，變成椅子，瞬間化作「一人座三輪車」。等金水坐上車子後，還自動撐起洋傘替金水遮陽。

＊＊＊

金水坐著自駕三輪車到達大安森林公園門口，下了車，三輪車自動從車子變形，恢復成人形。

金水慢慢走向公園小山坡後方水池旁，老朋友潘教授平常坐的椅子。

這位老朋友潘教授是經濟學家，今年九十歲，退休前是大學教授，也是政府的技術官員，是國家制定經濟政策的權威博士之一，他也頗有以從前美國的格林斯潘自許之意。

金水每次來見潘教授，總是忐忑不安。潘教授是個聰明絕頂的人，博學多聞，可是最近幾年，與人相處，喜怒無常，對合得來的人相當客氣，對合不來的人絕不搭理。有時候心情起伏不定，而且會突然間暴跳起來。

金水跟潘教授算是合得來，儘管如此，金水每次仍是小心翼翼地靠近潘教授，然後察言觀色。如果潘教授先說第一句話，金水大概就可以猜得出來他的心情如何。如果潘教授不開口，金水需要先向他打招呼的話，他必須深思熟慮，生怕第一句話就惹火潘教授，那金水今天想從潘教授口中得到的訊息就會泡湯了。

潘教授坐在椅子上，正閉目養神，安靜地聆聽著樹木蟲鳥的聲音。當他聽到金水及莉亞熟悉的腳步聲，便張開了眼睛，神情愉悅。

潘教授和氣地問：「看來上次給你的股票明牌很準啊，那麼久才來找我？」

金水額頭滲著汗，可能是因為上坡路段，也可能是心情緊張，他用手帕輕輕地擦汗，謹慎地回答：「教授上次給我的那支科技股，漲幅足足讓我過了相當舒適的兩個月。」

潘教授算是金水生命的貴人，潘教授因賞識他的專才而予以援助，需要時會給金水一支股票明牌，叫他上網炒作一週，就可以賺取四到八週的生活費。雖然曾有一段時間，金水是依靠他從ＮＦＴ賺來的錢過日子，但現在錢已經用完了，他又需要潘教授的股票明牌度日。

潘教授心中暗自高興，因為那支股票風險頗高，其實他只有五成把握估計它可以連續漲一週。

潘教授開心地問：「你知道這家公司的股票為什麼會漲嗎？」

金水哪會知道，而且他也不想知道，只要可以賺取生活費就安心了。

但他不敢打斷潘教授的談興，便接著說：「好像跟以前買的公司性質完全不同類，尤其是那個公司的名字很特別，叫『及時充』。」

潘教授因為豪賭獲勝，心情大好，他洋洋自得地說：「就是因為這個名字，我才追蹤分析他們。」

潘教授雖然已經離開教職很久了，可是仍然戒不掉在講堂上滔滔不絕的習性。

「『及時充』就是將有線的電源轉變成無線充電頻率，而且還與10G的行動基地台通訊頻率結合，不僅傳送無線通訊訊號，還傳送無線充電頻率，讓所有移動中的物件如車輛、機器人、手機、平板等等設備不離線、不斷電。」

潘教授感嘆起來：「從太陽能衛星接受電源真是偉大的發明啊！不過，能源的最後一哩路還是需要及時充。」

金水對能源技術毫無興趣，只擔心自己的生活費。他鼓起勇氣問：「那接下來我應該買哪一支股票？」

潘教授談興正濃，根本聽不見金水的問題，繼續說：「你知道臺灣今年的GDP為什麼是全亞洲最高嗎？」

「……可能是因為人口年輕化，生產力高吧？」

「最重要的是三、四十年前我們政府將科技與生技結合，成立了『雲端樂園』。」

「雲端樂園」自從二〇一五年在全臺推出「探索生命之旅」AI／VR電玩服務之後，臺灣的人口逐年下降。到了今年，總人口只剩一千五百萬，而且十四到六十四歲占全人口八十％，六十五歲以上的老人只剩七％，而零到十三歲卻有十三％。相對全球各國平均老人占總人口的比例高達四十％，臺灣是全球人口年齡結構最年輕的國家。

當潘教授提到「雲端樂園」四個字，金水馬上緊張起來，臉色開始發青，猜想潘教授可能也是AI／VR系統所產生副作用的受害者之一，難怪他脾氣會如此暴躁。

金水趕緊轉移話題：「潘教授，你是如何保養的？那麼健康，出門都不需要機器人輔助？」

「可能跟我仍然能夠專心地分析經濟資料有關吧。說也奇怪，我這腦袋，愈用愈尖銳。而且我不只是天天用腦，還希望十年內完成一本經濟學的書，憑此獲得諾貝爾獎。」

金水心想，他已經九十歲了，為何還精力充沛、極度熱情地想活到一百歲？於是好奇地問：「你準備寫什麼書？」

這話像是啟動了什麼開關，潘教授突然感到一陣熱流湧上心頭，他臉紅脖子粗地大聲說道：「冰冷的科技真讓我又愛又恨！網路行銷不是大量推給你資訊，就是吸引你點閱進去，操弄你的消費行為，它破壞了傳統經濟學的供需平衡。我們的消費行為應該根據『溫度』，人的溫度以及環境的溫度作為出發點，提供人們有溫度的產品與服務。所以我的書名會是『溫度經濟學』。有溫度才有感動，就能激起情緒的反應，而採取消費行動，然後……」

潘教授像是著了魔一般，已經對眼前的金水視若無睹。他再度接受了一個新的使命——維護傳統經濟學。

金水心裡一嘆，知道這時已經無法讓開始暴躁的潘教授平靜下來了，而他想問的股票明牌，只能等下次再來請教潘教授。

金水匆匆向已沉浸在自己世界內的潘教授告辭，讓莉亞扶著他趕緊離開，留下潘教授獨自宣洩他的亢奮情緒。

3

傍晚金水午休起來，坐在客廳滑平板，看到莉亞將「中央廚房」送來的食材、配料、香料，依序號平放在中島上，然後將「義大利醋溜生鮮章魚片涼拌當季茭白筍絲」與「番茄橄欖九層塔紅酒燉牛腱筋」的食譜編號，輸入家中的「智慧廚房」。

在這個萬物以「物聯網」與「區塊鏈」互聯的時代，每個地鐵站都設有「中央廚房」。莉亞昨天晚上將食譜所需的食材在網路上下單，透過全自動化的鐵路與地鐵運輸系統，將當天的生鮮食材從產地送到中央廚房；中央廚房的機器人則根據食譜的分量切洗食材，並根據食譜做菜的步驟編列QR Code，然後以機器人分送到住家。

莉亞按下「智慧廚房」啟動鍵，機械手臂開始左右、上下移動，一下開電爐，一下開烤箱，井然有序，分秒不差地在調理。

智慧區塊鏈與機器人將生鮮食材從產地端上餐桌。

金水問莉亞：「晚上喝什麼酒？」

「開胃菜清淡，我替你們準備了德國稍帶甜味的Riesling，主菜搭配美國的珍藏版Cabernet Sauvignon紅葡萄酒。」

烤箱傳來濃濃的香味，金水心中感覺到無比的幸福。命中注定沒有女人緣的金水，到了晚年，有莉亞服侍體貼入微，他終於享受到被全方位照顧的滋味。生活上還有聰慧、溫柔、善解人意的若薇作伴。

金水平板上時間顯示下午五點正，莉亞將前菜放置在餐桌上，擺置兩份餐具及兩個酒杯，點上蠟燭，將白葡萄酒放置在餐桌旁的冰桶中。

莉亞對金水說：「我去將若薇叫出來，準時六點與你共餐，你們用完開胃菜後，烤箱內的主菜在六點半也就燉好了。」

＊＊＊

金水坐在客廳的沙發椅上，想到昨天若薇叫他「老不死」，那句話顯示若薇的「情緒處理器」有問題。

金水心中不單止納悶，而且惶恐。

打從三十多年前金水決定戴上ＶＲ鏡，在虛擬與實境中交替切換著過生活，他的初衷就是希望像「雲端樂園」的老人一樣，活到平均壽命，便能在睡夢中安詳辭世。

可天不從人願，他居然到今天還活著！

金水當然知道為什麼，因為根據他退休前做實驗的結果，長時間使用VR鏡的人，沉浸在虛擬的生活中，可能產生的副作用就是情緒會像過山車一樣，或極度亢奮、或極度低落，並且因人而異。

金水沒想到副作用居然發生在自己身上，令他身體老化速度減緩，甚至停滯不前，健康地活到一百歲。最難受的是，他心中常有一股抑制不住的熱情，無可救藥地拉扯著他的五臟六腑，情緒不能自制地起伏不定。

經過這麼多年，金水始終期盼著完滿的人生終點能盡早到來，但他從來沒有向若薇透露過這個深藏內心的想法……她怎會知道他的狀況呢？

人工智慧需要資料，難道她已經學習到如何破解他的密碼，接觸到她不該接觸的資料？而且有時候若薇的言談用詞相當尖銳，超出「情緒模組」與「自然語言」所賦予的能力。甚至，若薇偶爾會顯得有點急躁不耐煩，好像她知道自己的時日不多了。

難道，她已經感覺到最近金水在思考的問題：在他臨死之前，該不該將若薇的資料「殺掉」，讓她從此消失？可是若薇是人工智慧，她為什麼又會在意呢？

而且金水感覺到最近幾個月來，每次將若薇叫出來，她總是逗留十來秒後才走出臥室。光是十來秒，在深度學習中便可以處理無數因情緒而啟發的行為或動機。

金水愈想愈害怕，而臥室那正好傳來房門被打開的聲音，他瞄了一眼平板上的時間顯示：「18：00：17」。若薇又延遲了十七秒才走出來。

金水戴上ＶＲ鏡後站起來，趨步往前，牽起若薇的「新手」，啟動４Ｄ列印的時間函數，將餐桌椅子拉出來，讓若薇坐下。

金水看到的若薇面貌，如盛開的芍藥，雍容華貴、鮮豔奪目。金水將白葡萄酒倒入兩人的杯中，舉起酒杯對若薇說：「新年快樂！」

若薇也舉起酒杯用鼻子聞聞後說：「唔，二〇四八年德國Riesling甜白酒，萊茵河畔的Mosel產區，帶有芒果與百香果的口感，而且有蜂蜜與葡萄的香氣。」

金水喝了一小口說：「謝謝妳提醒我，我的嗅覺與味蕾多少有些退化，記不起這款常喝的酒的味道了。」

其實若薇是沒有嗅覺與味蕾的，她只是掃描酒標後把資料念出來而已。

若薇以機器人的舉止行為進行喝酒用餐的動作，而金水在ＶＲ鏡中，看見的是與情人在享用燭光晚餐。

金水問若薇：「上次我們談到哪裡？」

「我想想！你有些心事沒告訴我呀。」若薇倩笑著說。

眼前燭光搖曳，餐桌擺放著美酒佳餚是如此的真實，可是金水總覺得日子其實並不是很真實，他一時有感而發：「這個世界變化太大了！自從臉書推出社群媒體APP，幾年之內，全球每四人就有一個人用臉書，目前全球每二個人就有一個人用『元宇宙』。這五十年來，人類愈來愈像妳了。」

「像我什麼？」

「像妳一樣被雲端演算法操弄。從妳的身上，我常看到我的影子，妳知道為什麼嗎？」

「我想想！因為我的情緒反應完全是受到你有形或無形的情緒影響。」若薇指的是她透過金水VR鏡的「臉部情緒感應器」接收到情緒才做出回應。

「所以我們每個人，或多或少，都為『元宇宙』的虛擬實境世界而活，真與假混淆不清。全球接近二分之一的人口都在雲端隔空取暖。」

「就像我跟你一樣，因為是同溫層才能溝通？」

「對，同溫層在雲端為了交往，往往會受彼此的情緒影響。如果是好的情緒，可以增加彼此的生活樂趣，如果是壞的情緒或動機，後果將不堪設想……。」

談到這裡，金水突然又想起若薇最近行為多了十七秒的改變，讓他焦慮起來。金水眉頭深鎖，努力思考可以用什麼語言試探若薇，找出她可能隱藏在「情緒模組」底下、不為人知的祕密。

這個時候烤箱「叮」的一響，六點半，主菜煮好了。金水叫若薇去廚房將主菜從烤箱取出來，放上餐桌。

兩人繼續用餐，金水為了緩和彼此緊張的氣氛，叫若薇將手放在桌上，讓他摸摸。4D列印的手，不單止柔軟，而且有溫度。

金水在觸摸若薇的手時，動作還帶有挑逗性，希望能啟動「愛愛模組」，與先前啟動的「情緒模組」互相呼應，藉此混淆若薇。

金水心想，在「性」與「情」兩個模組相互交替干擾之下，性感的挑逗可能可以減緩若薇的心防，探索她隱藏的祕密。兩人開始了像是下圍棋般的博弈、攻防。

若薇在兩個模組的同步運作之下，連聲音也開始改變，她用撒嬌的語氣說：「你先前不是說了，可以考慮教我區塊鏈的邏輯嗎？」

金水不知道最近若薇為什麼要求他教密碼學邏輯，他直接使用一些關鍵字問她：「妳想要幹什麼？消滅男人嗎？」

若薇發出銀鈴般的輕盈笑聲，不假思索地說：「你們男人早就屈服在女人的石榴裙下了，不需要被消滅。」

金水不寒而慄，這句話值得深思，它已經不是一般「情緒模組」能夠回答的話。一般的「情緒模組」是沿用所提供的關鍵字「消滅男人」去思考、運作，順著這個話題回答。而若薇居然有聯想的能力，用「屈服」而不用「消滅」的邏輯去思考，難道她已經有了「自我升級」的能力？更可能，有威脅人類生命的能力！

正如英國天體物理學家史蒂芬・霍金生前所預言：全面發展人工智慧的話，人類恐自取滅亡。只要有人設計電腦病毒，有人創作出能自我升級或自我複製的人工智慧，那它將是超越人類的新型態生命。

「你這句話從哪裡來的？」金水用嚴厲的語氣給若薇下指令。

若薇卻神情自若地說：「我想想！對，有一次你在VR鏡看影片的時候我聽到的。」

若薇說的沒錯，金水的確是用VR鏡看影片，因為用VR鏡看影片，不單止是3D，而且是以虛擬影片呈現的實境，讓觀眾感覺到身歷其境地沉浸在影片的情節之中，情緒的起伏更能與影片中的人物感同身受。

而金水最常看的影片，多數是歷史上玩弄權勢的皇后，如漢朝的呂后、唐朝的武則天、清朝的慈禧太后等，在宮殿裡的「攻略」故事。

可是影片的對話是沒有指令的，不會成為「情緒模組」的輸入。難道若薇有能力搜索影片中的歷史人物，複製資料偷偷存檔，學習女后們玩弄權勢、欺上瞞下的技巧，而且還能攻防自如？

還是若薇有能力破解金水的密碼，從他的檔案裡搜索資料？金水檔案裡的確藏著很多不該給若薇學習到的祕密，尤其是他研發出的「稜錐區塊加密標準」，是以六面錐體方程式運算加密與解密的「金鑰」演算法。如果若薇學習了金水獨創的這個演算法，她就有能力偷竊情報，製造紛爭。

最讓金水恐慌的是，若薇以「屈服」一詞回答，非常巧妙，有四兩撥千斤之勢。表面上聽來她只是回播影片中的對話，沒有用「情緒模組」去處理，以表示她的無知，實際上她是以防守策略阻止金水繼續苦苦逼問。如果金水以不同的指令去探索若薇的處理能力，最後可能會讓她露出破綻。

金水希望降低若薇心防，於是放鬆自己臉上緊繃的肌肉，改變情緒，而且將針鋒相對的尖銳語氣放緩下來，和氣地問：「如果我不打算教，妳會怎樣呢？」

「我可能會自行啟動『自殺模組』來抗議喔！」若薇嬌聲地說。

這個回應讓金水暗暗吃驚，沒想到，若薇居然懂得以退為進。

四十年前，聯合國世界公約審議委員會一致通過一個規章，規定全球開發人工智慧機器人的企業，必須鍵入「自殺模組」。當機器人的深度學習有偏差，對人類的生命有威脅時，機器人會被認定有瑕疵而自行啟動「自殺模組」。

可是，若薇看來沒有要威脅人類的意思啊？她前面的回答使用了「屈服」、不是「消滅」，感覺正是為了避免使用到威脅人類生命的字眼而被判定需啟動「自殺模組」。

望著餐桌對面笑臉相迎的若薇，金水愈想，愈擔心她已經不是他當初設定組成的若薇了，她可能已別有居心，默默地向那些貌美、弄權、排除異己的歷史女性人物做了深度學習。

看到若薇能夠攻守自如，金水知道目前自己是沒有能力再盤問她了。他想，只能將若薇「關機」，晚上上雲端使用「維修模組」診斷，抓「系統蟲」。

金水放下餐具，拿起紙巾擦了擦嘴，對若薇說：「妳回臥室『下妝』吧，叫莉亞明天叫我起床。」金水擔心自己晚上需要通宵達旦地「抓蟲」，早上無法起床。

＊　＊　＊

金水獨自坐在沙發上，將一旁的燈光調亮，打開平板，準備以三個方向來「抓蟲」。

「抓蟲」必須使用「維修模組」檢示嵌入電腦硬體記憶體內的韌體，才能比對原始碼的資料。金水以管理者密碼進入個人雲端系統，使用「維修模組」工具追蹤所有檔案在記憶體被修改過的日期，結果顯示若薇並沒有偷偷去複製她不該接觸的資料。

為了檢查若薇有沒有自我升級的能力，還必須深入查看若薇的CPU韌體版本。金水用「維修模組」解碼之後，系統顯示的原始碼日期為當年金水為「若薇」建檔的同一天，所以若薇並沒有自我升級。

現在，金水只剩下最後一步，就是掃描病毒。這個步驟十分耗時，需要在若薇的檔案夾，用「病毒掃描」軟體，將所有的資料掃描一次，看看資料有沒有被病毒感染。

金水打開「病毒掃描」軟體，開始掃描。

平板上的電腦碼像跑馬燈一樣不斷地跑著，所需時間為兩個小時，從03：06：17到05：06：17，「病毒掃描」軟體需要到天亮才會跑完。

金水心想，最近觀察若薇的行為，的確是有問題，但他需要等問題找到了才將若薇從雲端刪除，還是應該防範為先，馬上將她「殺掉」？

金水實在捨不得刪除若薇！

若薇是他這三十年以生命的熱情所建置的，正如他的「稜錐區塊加密標準」一樣，兩者都跟他的生命同等重要。因為這兩個組合，後者是「金」，能讓他名利雙收；而前者是「水」，是他窮一生之力得來的女人。

兩者兼得，金水就可以補足天命所缺，圓滿地離開他百年的人生，死而無憾。

如果他消滅若薇，等於失去了其中之一，不知道還要再折磨多少年，才能重新建立另一個若薇；如果他現在不消滅若薇，以目前她的能力，將可能成為對人類生命有威脅的智慧機器人。

但也許，他不該考慮未知的「可能」，既然若薇會成為人類的禍害，他應該馬上採取行動！

他中斷掃描，打開若薇的檔案夾，正想按下「清除」鍵。朦朦朧朧之中，他想起了當年，他也需要按下「清除」鍵……

第二部

4

一九八〇年，三十歲的王金水在臺北西門町的明星西餐廳喝著羅宋湯，對面坐著的是二十五歲的方若芍。

金水深情款款看著若芍，滿心歡喜地說：「終於等到這一天，可以請妳吃西餐了！」

若芍卻若有所失地低頭沉思。她大學畢業之後，憑著臺大中文系畢業的文筆，亭亭玉立的身材，高雅大方的氣質，在臺北最大的人壽公司做公關，並擔任公司的發言人。三年中進出了不知多少的重要場合、有名氣的中西餐廳。明星西餐廳只是在大學時代，所謂文青們喜歡喝咖啡、吃西餐的地方，她已經很多年不來這個地方了。

金水以為若芍想起了他們的過去，興致盎然地說：「記得我大四那年，數學系將畢業，因為從小喜歡看些中外文學的書，去修你們大二的比較文學課，才認識了妳嗎？那個時候妳常提起明星西餐廳。」

若芍是在大二那年認識金水沒錯，可是她不敢跟同學提起自己認識王金水。因為同學們會取笑她，說學校裡那麼多男生追妳，妳怎麼會跟一位名叫王金水的男生來往。是怎麼樣的父母，會替兒子取名叫「金水」？

若芍想起了這個問題，好奇地問：「你的名字是誰替你取的？」

「我是生在臺南官田鄉大崎村蒴子埔的家裡，由接生婆接生的。妳知道蒴子埔在哪裡嗎？」若芍當然不知道，她是在臺北的小康家庭長大的。

「就在烏山頭水庫附近。我出生的那一年，父母去廟裡請仙姑替我算命。」

金水停頓一下補充說：「我們叫仙姑，你們叫靈媒，靈媒說我這輩子將會缺金、缺水，所以應該取名金水以補我天命的不足。」

若芍問：「缺金是沒有錢，什麼是缺水？」

「鄉下指女人是水做的，所以是缺女人。我媽媽說我命有五錢重，應該不會缺。不過，她還是聽了靈媒的話，替我取名金水。」

金水停頓一下，得意地說：「但我怎麼會缺金缺水呢！雖然考了兩次聯考才上臺大，不過畢業後當完預官，就到南京東路的電子公司上班了，收入不錯！」

「你不是念數學的嗎？跟電子有什麼關係？」

「這家公司是生產『深海魚群探測器』，探測器將收到的聲納轉換成可以顯示的魚群圖形或數字，轉換的公式就是以數學運算。我就是那家公司裡唯一的聲納工程師。」

金水想起了他大學畢業典禮那天等不到若芍來跟他合照，問：「我畢業典禮那天等妳來跟我拍一張畢業照，結果妳沒來，好可惜啊！」金水對若芍講話的語氣與態度就是這樣，不會要求或責怪若芍，他只會自怨自艾。

若芍自從上了大學，不斷有人追求她，而且她在校園裡相當活躍，讀書會、寫作班、文藝營、登山社，都有她的追求者蹤影。

尤其她是學文學的，對於那些理、工、醫科的男生來說，能跟一位如此浪漫的女生在一起，正如夏日乾旱後的甘霖，滋潤著他們乾燥乏味的大學生活。

可是這些優秀的男生，跟若芍在一起，都會得意忘形、喋喋不休地向她吹噓著自己的功課有多棒，各類運動有多出色，將來畢業後如何在社會上大展身手。

只有金水不同。約好陪她到西門町逛街，金水一見到若芍，總是將她那顏色鮮豔的女用包包接過來，掛在自己的左肩膀上，然後將洋傘撐開，替她擋太陽。

如果若芍進店裡買些女性裝飾品或內衣用品，他總是尷尬地站在旁邊，不敢離開她的視線。如果他等久了，一隻腳站累了，就會換另外一隻腳站著等她選購。

若芍購物完畢，金水會將滿滿的購物袋掛在他的右肩膀上。金水戲稱自己像極了一隻駱駝，左右兩邊各掛著袋子。而且當若芍口渴的時候，金水還會倒水給她喝。

很多時候若芍參加完學生活動中心的活動，需要金水接她。但若芍不要金水到活動中心的正門口等候，怕別人看見會笑她跟名叫「金水」的男生往來。金水總是提前到達，一個人站在側門的落羽松旁邊，默默地在不顯眼的樹影底下等候。

金水就是如此可靠，跟他在一起，若芍覺得金水可以穩定她那活蹦亂跳的心靈。所以若芍在金水畢業後，斷斷續續地跟他有來往。

若芍在大學裡玩了四年，畢業後在眾多出色的男性企業文化中、多采多姿的臺北，又玩了三年，總是覺得自己像是被眾人抬在轎子上晃蕩，在雲端中飄浮，沒有機會接觸到地氣。

若芍問金水：「你會在臺北工作下去嗎？」

難得若芍願意聽他的近況，金水侃侃而談：「妳知不知道我們政府正在對產業轉型，從勞力密集的加工出口產業轉型到高科技產業？兩年前已經在新竹市動土，複製美國矽谷模式，興建『新竹科學工業園區』。今年已經核准了五家產業進駐，有聯華電子、王安電腦、光儀電子、沖達電子與星茂電腦。而且還有十多家與電子、電腦相關的公司在審核中。」

「又是電子電腦，跟你有什麼關係？」

「當然又是跟數學有關。我不是聲納工程師嗎？有一家美國矽谷的科技公司，將在竹科設立研發中心，製造『超音波掃描系統』，我以數學將音波轉換成數字的經驗又可以派上用場。」

若芍點點頭回應：「難怪上週我的上司叫我寫一篇文稿，說竹科將會成為我們的明星產業。『竹科人』是我們產業轉型的領頭羊，他們將在科技股發大財。可是工作辛苦，折損身體，所以他們必須購買人壽健康保險。」

金水聽到若芍居然對他有嘉許的語氣，而且在工作上跟他有交集，更顯開心地說：「那家公司正在跟我談，請我去當超音波工程師，進駐竹科。他們說因為公司是外資，資深主管有分配獨幢平房住宅。以我的職位，他們可以替我申請二房一廳的公寓。園區裡將會有室內游泳池、活動中心、幼稚園、外語學校，是家庭成長的樂園。」

＊＊＊

就在那一年，若芍嫁給了金水，並於次年搬進了新竹科學工業園區，做了「竹科人」。「竹科人」共同過著被圍堵在園區裡的群聚、群居式的封閉生活。如果將新竹市區的閩南人及竹東的客家人也納入生活圈，這個鳥不生蛋的「文化沙漠」，的確是乏善可陳。

而且「竹科人」的工作很忙，可能導致家暴——不是先生對太太施暴，而是太太對先生施暴。

有一位電腦系統工程師，為了趕年底出貨的業績努力工作，每次他認為自己負責的系統已經完美無瑕了，送進測試中心驗收，卻仍被發現還隱藏著「系統蟲」。

「蟲蟲危機」降臨，他只能不分晝夜，天天加班「抓蟲」。

那位工程師的岳母幫女兒坐完月子返回臺北，太太一個人照顧著剛滿月的嬰兒，兩個月以來，先生天天加班，沒有時間幫太太忙，換換手抱嬰兒。有時候回家吃晚飯，飯後又匆匆忙忙回到辦公室去「抓蟲」。

有一天，先生邊吃晚飯邊想「系統蟲」，口中喃喃自語：「不可能，再試一次應該可以清掉那隻蟲。」

他將飯碗一擱，轉身正準備出門返回辦公室。不料他太太拿起餐桌上的水果刀，往他背上插了進去。先生被送進急診室，縫了十幾針，躺了一個晚上。但第二天出院後，他沒有回家，又直接到辦公室「抓蟲」去了。

結婚後，若芍本來想辭掉保險公司的工作，可是因為她工作表現良好，公司繼續聘請她為顧問，在新竹家中上班。保險公司需要她的時候，她可以在家中寫寫文稿，或是幫忙安排公關活動。

若芍總算是天天接觸到新竹地氣了——而且是沙塵地氣。不僅在園區內，還包括整個新竹市，天天都在施工建廠、堆土鋪路，沙塵滾滾。

有時候她一個人到市區購物，店家問她問題，她只會回答「阮聽無」；如果是在竹東，她會改說「涯唔矢」。

每次若芍到新竹市區，就想趕快將事情辦完，匆匆忙忙返回園區。至少在園區門口，她可以得意地拿著有照片的名牌，很驕傲地被警衛檢查，然後走進門禁森嚴、高牆圍堵著的「新竹科學工業園區」。

因為每位路過的民眾，都會用最羨慕的眼神，往園區裡引頸張望，希望能夠看到所謂現代「大觀園」內的一些蛛絲馬跡，能夠幸運地一睹全球聞名的科技公司大樓名字、赫赫有名的科技大頭目、獨幢的住家平房、最現代化的會議活動中心。可惜他們沒有進入園區的名牌。

竹科圍牆外面的人想進來，而裡面的人卻想往外跑。

5

若芍沒料到她在竹科已經過好幾年了。在園區的圍牆裡過著這種群聚、群居式的生活，很容易交上年齡、背景相仿的朋友，而且大家都有共同語言。不過，這種語言不是若芍熟悉的「文青語言」，而是工程師的「程式語言」。

＊＊＊

週六這天早上，若芍還在床上，金水已經從市場買菜回來，在廚房裡忙著洗洗切切，準備做幾個菜，傍晚帶去呂中茂家聚餐。

呂中茂是金水早先參加園區為新進員工導覽的活動中認識的。多年不見，兩週前金水居然在餐廳遇見中茂，他說新家總算布置完成，工作也上軌道，終於可以在家請客了。

「竹科人」頗洋化，常用美式的所謂Potluck方式各自帶菜到朋友家聚餐。

呂中茂自臺北工專畢業後，去美國留學，拿到了德州州立大學的電機工程碩士後，到美國加州矽谷的一家新創晶片公司上班，經過總公司培訓三個月，派駐臺灣竹科分部，繼續在臺為美國公司服務。

因為是美商公司派遣返臺，中茂回臺之後，經朋友介紹，跟楊芙薇結婚，符合夫妻家庭住平房的條件，所以公司分配了一間四十坪的獨幢平房。

楊芙薇，實踐家專畢業，文靜、乖巧、安分，小家碧玉。人生最大願望就是嫁一個疼愛她的丈夫，然後根據所學的課程，訂定每階段的幸福人生規劃。

中茂邀請金水夫婦到他家聚餐，還說邀請了李一帆、何采雲夫婦，及陸春生、蔡敏婕夫婦。

金水與若芍先到，中茂開門，芙薇很有禮貌地站在他後面。

中茂穿著整齊，西裝褲及襯衫看來都是太太親手洗熨過的。中茂溫順敦厚，彬彬有禮地跟金水與若芍握手後，介紹站立在右後方的芙薇給他們認識。

金水將手上帶來的三個菜交給芙薇，芙薇接過去後放進廚房，問金水：「都是太太做的菜嗎？」

金水毫不修飾地說：「太太不進廚房，都是我做的。」

芙薇眼睛一亮，停留在金水的臉上，溫柔地說：「真了不起！」

若芍在客廳裡聽到他們的對話，心中不知道是什麼滋味。

客廳主人家的布置，只有兩種顏色，白色或是凱蒂貓的淡粉紅色。客廳中間掛了一張高舉「招財手」的凱蒂貓油畫，畫框上方還外掛一個紅色的凱蒂貓蝴蝶結。

若芍心想，這種布置算是哪一種品味？口中卻禮貌地對芙薇說：「妳家房子好大啊，布置得很溫暖，看來妳先生很呵護妳。」

「還好啦，哪有妳先生好，會做菜。我在做飯的時候，我先生只會在廚房用手帕幫我擦擦汗，倒水給我喝。」芙薇含羞地低頭微笑。

這個時候門鈴響起，陸春生與蔡敏婕夫婦到了。

若芍看到敏婕，手上大包小包的，動作輕快敏捷，看來是不拘小節，實實在在過日子的女人。

若芍看到敏婕腹部鼓鼓的，不敢多問。敏婕看到若芍眼睛盯著她的肚皮，果然機靈，馬上笑著說：「住在園區裡的兩房一廳公寓，空了一個房間，多可惜，不住白不住。不如早點生個小孩來住，以後有托兒所、幼稚園，直到上大學前都不需要擔心學校的問題。」

敏婕回頭對著春生,「老公你說是不是?」

「當然了!老婆,園區裡簡直像是天堂,我不知道走了什麼狗屎運,居然跟太太都可以在園區裡上班。」春生得意地說。

他又拎高手上的兩個菜說:「而且最近市區開了一家超市賣場,今天早上我跟太太中午就到賣場,光是試吃,我們兩個就吃飽了。想到今天晚上我們聚餐需要帶兩個菜,我們再往試吃的攤位轉一圈,收集了所有的試吃菜。你們看,我右手這盤有各式各樣的魚、肉,有煎的、烤的、蒸的、炒的、炸的,現在聞起來都還很香。另外這一盤五顏六色的水果,真是不吃白不吃。」

陸春生,屏東長大,父母在市鎮開簽仔店,從小就會秤斤注兩。在成大讀電機系的時候,認識了物理系的蔡敏婕,他喜歡敏婕,不是因為她是理工學院裡鳳毛麟角的女生,而是她跟他一樣,很實在,而且家庭背景一樣,她父母是在高雄市的傳統市場裡開麵攤的。

若芍坐在粉紅與白色相間的真皮沙發上,聽了這些對話,簡直要昏倒了。心中想:「這就是新竹科學工業園區裡的『竹科人』嗎?」

接著門鈴又響了,進來的是李一帆、何采雲夫婦。

一帆與采雲像是夏季的風一般快速地出現在門口,看來必定是暖暖地來、熱呼呼地走，一對瀟脫奔放的夫妻。他們兩人，男的是臺大電機系，女的是臺大外文系，都是第一志願上的大學。

看到采雲一手挽著一帆的手臂，另一手像貴婦般挽著名牌皮包、而不是用背的，有人文素養的若芍從采雲提包包的方式，敏銳地猜測，采雲一定是一個非常有自我主張的女生，個性不服輸，自視甚高，而且相當在乎別人對她的看法，更需要男生阿諛奉承。

一帆踏進了門口，就將手中的背包往牆角一丟，說：「對不起，來晚了，剛剛在交大跟學生們打了一整場籃球，洗了澡才過來。」

采雲接著說：「我們帶了啤酒、紅酒，還有甜點。」

若芍聽到他們兩人帶的東西，覺得終於看到比較浪漫一點的「竹科人」了。而且一帆上身穿T恤、下身著短褲，渾身充滿著爆發力，看來就是有熱情、有主導力、有親和力的男人。

* * *

晚飯時間到了，大家從廚房各自拿菜到房子後院陽台，放到桌子上準備用餐。

芙薇將金水帶來的三個菜揭開，驚訝地說：「哇！乾燒明蝦、薑蔥燜海參、南京板鴨，而且配料別致，色、香、味俱佳，怎麼做的啊？」

金水非常興奮，芙薇居然能夠將三道菜的名稱精準地說出來，果然跟他興趣相投，一時便得意忘形地說了起來：「妳果然有眼光，先從最難做的那一道菜說起好了……」

金水鉅細靡遺地描述著板鴨是如何在三天前做準備，如何將蝦剁成蝴蝶的形狀，如何泡浸刺參。

芙薇聽得津津有味，而其他人已顯得非常不耐煩，但金水不自覺，仍然津津樂道地解說著每道菜。

除了若芍，旁邊的三位女生都用羨慕的眼光看著若芍，說：「妳有這樣的先生真好，我們的先生都不進廚房的。」

金水覺得太太們的誇獎一定傷害到在場的每位先生，給他們難堪。金水雖然是跟別的男生不一樣，廚藝高超，可是這個時刻，他覺得自己不屬於男生的一群，不能融入其中。

這種感覺，讓他想起了小學三年級的時候，男生們都喜歡蹲在沙土地上打彈珠。有一天在班上，一位女老師覺得這種賭博性質的遊戲不好，要沒收彈珠。她檢查所有男生的口袋，每個人口袋裡都有彈珠，唯獨金水沒有，因為他害怕將潔白的衣服弄髒。老師叫金水站上講台，大大讚揚金水，從此男生們就不跟他玩在一起。也就從那個時候開始，金水意識到，在人群之中自己總是異類，跟大家格格不入，很難融入群體。

春生是男生中最耐不住氣的人，他酸溜溜地對金水說：「你得意了，我們可慘了，回家一定被老婆碎碎念。」

春生故意改變話題，問起中茂：「聽說你們晶片公司的股票準備在美國上市？」

中茂說：「是的，聽說上市價是每股二十美元。」

春生最會精打細算，而且消息靈通，他驚呼道：「啊！不得了，以你的職位，我猜想，你會分到上億市價的股票，應該可以在新竹市買豪宅了。」

「我們有在想，你覺得買在哪一區比較好？」

「明湖路區域不錯，靠近園區，環境幽靜。這個區域我是買不起，不過我也不會買，因為買房子，本利加起來不划算。我們現在住在園區裡的房子，租金相對比外面便宜。我已經在市區買了兩戶中古屋，都是小戶，出租容易，投資報酬率高。而且裝修或修護都是我跟太太一起動手的，連工錢都自己賺。」

「你們兩位在園區裡最好的晶片公司上班，收入可觀，將來股票也會上市，生活上還會開源節流，真是佩服你們。」中茂就是如此四平八穩，絕不會得罪或取笑別人。

金水又回到小學被孤立的感覺，滿臉通紅，默默地坐在旁邊聽他們交談。而且他們談的都是電機系內行人用的語言，譬如說他們不說晶圓、半導體或ＩＣ，而是稱「Chip晶片」。而金水在竹科是不入主流的數學系畢業。

春生擺擺手，「我們算什麼，我最崇拜的是一帆他們夫婦了，不做晶片而做電腦主機板及應用軟體，這才是最尖端的科技。我們這個年代電機系畢業的，都在設計如何將晶片做到最小、最省電，而速度與容量卻要加快、加倍，真是辛苦到要死要活，所以我們稱ＩＣ行業為『挨死』行業。」

采雲聽到「挨死」行業，有感而發地對春生說：「才沒有你說的那麼偉大，我做電腦應用軟體開發，被稱為資訊業ＩＴ，只要是用戶有一點點不滿意，就被上司叫到辦公室去『挨踢』。」

外文系出身的采雲在竹科的王安電腦上班，因為她表現出眾，熟悉應用軟體的使用者經驗，加上英文能力強，被派到美國麻州總部接受了六個月的電腦程式語言訓練後，返回竹科，負責王安電腦應用軟體開發。

一帆嫌做Chip太瑣碎，他被挖角到竹科來設計不斷電、不當機的電腦主機板，這家公司看準政府正準備將公營事業開放民營化，特別是銀行，它們需要電腦以提升服務品質，更必須使用不斷電、不當機的電腦系統以滿足客戶二十四小時不中斷的ATM服務。

工作的挑戰對一帆與采雲夫婦倆簡直就是駕輕就熟、遊刃有餘，所以他們很少談論工作上的挫折與成就。他們的活力，都發揮在業餘的活動上，運動、登山、電影、唱歌、跳舞，一帆是籃球隊隊長兼中鋒，他與采雲是去年新竹區國際標準舞與拉丁舞比賽冠軍。

一帆在大學的時候就是那種功課好、多才多藝、樣樣精通的學生，對文學也有興趣。他發現有人文氣息的若芍與在座的竹科人格格不入，便主動向若芍搭話：「上週在副刊上看到妳的文章，寫得很深入。」

若芍有時候會投稿，不過大部分都是被退稿，沒想到這篇文章居然上報了，而且還被「竹科人」看到。

若芍說：「寫得不好，我自已都有點看不懂。」

「妳在文章中描述男女感情上的糾結非常感人，觸動人心。當然、妳用字精準，含義深奧，不容易懂。」

春生接著說：「對啊，我聽一帆說妳的小說上報了，我翻開副刊來看，看了三次，還是看不懂。男女雙方生活哪來這麼複雜？不就是吃、喝、拉、撒、睡，哪裡有小便宜就去占占便宜，反正不占白不占。」

采雲也發表己見：「要我說啊，兩性關係，就是風花雪月、敢愛敢恨。合得來則合，合不來則分，哪來那麼多剪不斷、理還亂的糾結？」

若芍客氣微笑地說：「我的靈感是從這幾年住在竹科圍牆裡封閉式的生活得來的。人與人在感情上的摩擦，沒有出口，就會往外跑。報上說這幾年園區附近汽車旅館林立，常常看到園區裡的豪華轎車，車內偷情的熱情男女，開車進入汽車旅館車庫，車庫門才關了一半，他們倆的衣服已經脫了一半。」

在座的竹科人都有家室，對火辣的偷腥行為，不知道該如何接話。

金水想打破眼前的沉默，試著順著這個話題說：「對啊，那些旅館都在竹北附近，那邊有RCA電子工廠加工區。好像有這……這個、那個區，問題就會特別多。」

金水結結巴巴的，其他人都不知道他在說什麼。其實他想說的是，RCA的IC封裝廠違法傾倒有毒廢料，嚴重汙染土壤與地下水，導致多名員工罹癌。

金水同情弱勢，酷愛土地，可是他不知道該如何在竹科人面前敘述這類事件，因為他知道「竹科人」不只是生活在「文化沙漠」，更是對「政治冷漠」。

芙薇看到金水被冷落了，結結巴巴的話也說不清楚，友善地問金水：「他們做的工作不是電子就是電腦，你在竹科做什麼？」

金水心想，自己在竹科是異類、邊緣人，需要用竹科人的語言解釋不容易。他就簡單地說：「我是超音波工程師，用『Fast Fourier Transform快速傅立葉轉換』與『Recursive Method遞迴法』寫程式。」

金水知道大家一定聽不懂，試著以竹科人的共同語言說：「不過我們公司營運不好，股票不會上市。」

「那不是白辛苦一場了！」芙薇同情地回應著。

中茂是主人，為了打破僵局，對芙薇說：「飯菜都吃得差不多了，妳到廚房去拿些下酒小菜，繼續喝酒吧。」

若芍今天晚上喝了好幾杯紅酒，往一帆與采雲的位子看過去。

采雲有點醉意，發現有人注意到他們，趁勢對大家說：「我最崇拜我先生了！今天我坐在籃球場邊看他打球，他那個空中跳投，太美了！全身都是勁道。他先是跳得很高，用腰的巧勁將身體輕微擺動以增加力道，在半空中最高點的瞬間，再用手腕的暗勁，出手投籃，籃板籃框都沒碰到，又是中空進球得分。」

采雲接著更將手伸進一帆的T恤裡說：「你們只看到他的臂肌、二頭肌，都不曉得他衣服裡的胸肌、六塊腹肌，摸起來可真舒服。」

若芍帶著酒意，漫不經心地看了金水一眼，金水羞愧地低著頭，因為他知道若芍想摸到的臂肌、二頭肌、胸肌、六塊腹肌，這些他都沒有，他更沒有勁道，無論巧勁還是暗勁。

中茂看大家都喝得差不多了，說：「今晚玩得真開心，菜好酒好，又聽打球，只差跳舞。采雲，你們平常在哪裡練習跳舞？」

「我們都在清大的籃球場，地板撒上滑石粉後就可以跳舞。」

「下次有機會帶我們去欣賞你們的舞技吧。」

酒醉飯飽後，大家各自回家。

＊＊＊

若芍今天特別高興，居然有竹科人欣賞她的文章。她帶點酒意，挽著金水的手臂，頭靠著金水的肩膀，走路回到公寓。

金水一如往常，在這種情調之下他知道若芍要什麼。

兩人急急忙忙梳洗後，馬上上床，躺在床上，若芍已經忍耐不住了，貼近金水的身體上下磨蹭。

金水在若芍耳邊輕聲問：「今天晚上妳要我扮演什麼角色？」

金水與若芍的房事自從結婚以後就不順暢。當金水慾火焚身要求做愛，若芍就一再推託說她不喜歡，一則嫌骯髒，二則怕痛。

當若芍難得有機會答應金水，金水就特別小心謹慎，唯唯諾諾，擔心某個動作出了差錯，若芍馬上叫停。

金水在這種氛圍下做愛，總是過度緊張，草草了事。兩個性生活不協調的伴侶，只能一夜望著天花板長嘆。

如果是若芍春情蕩漾，要求做愛，她會叫金水扮演一個角色，譬如有蠻力的搬運工人、狂野的嬉皮士、好勇鬥狠的黑道大哥等等。

若芍心目中的猛男，都不是金水個性上或體力上做得到的。

所以，金水與若芍的房事，南轅北轍，金水覺得是挫折，若芍覺得是生活上的障礙。

今晚若芍興致特別高，還帶了點酒意，她毫不掩飾地亢奮說：「你就扮演籃球的中鋒兼隊長吧！」

金水也略帶酒意，感覺到若芍正散發著讓人銷魂的魅力，肢體猶如蛇身，緊緊地纏住他。

金水全身也隨著興奮起來，他騎在若芍身上，身體前衝後撞，口中像是現場直播的廣播員一般地高聲喊叫：「隊長帶著籃球過了中場，往右方切入，防守的右前鋒往前攔截，隊長一個靈巧地轉身到左方，從防守的左前鋒身後閃躲進入禁區，健壯的身體繼續往前衝，一身蠻勁將最後防線的後衛推開，一個假動作正準備翻身跳投，將球送入籃框……」

金水感覺到若芍火熱的身體不斷地扭動，讓他呼吸急速。突然間，腦袋湧上一股熱流，他再也把持不住了，肌肉一鬆，他臨門勾射不進。

若芍正進入雲霄，突然間被叫停，還未盡興的她用力地將金水推開，轉身背對金水，將枕頭夾在雙腿之間，繼續想像中鋒隊長全身的肌肉，臂肌、二頭肌、胸肌、六塊腹肌，上上下下沒完沒了地向著她衝擊，時以用橫衝直撞的蠻勁，從中場遠投猛烈地碰撞籃板進入籃框；時以在禁區翻身勾射，用巧勁將球擦板進入籃框；時以轉身高空跳投，用手腕的暗勁，巧妙地中空進球。

金水躺在若芍身邊，感覺到若芍身體不自主地顫抖，呼吸急速。金水看著天花板，想著這個時候如果有芙薇這樣的女人倒一杯水給他喝，不知道有多好！

就像若芍文章裡所說的，「竹科圍牆裡的一潭死水，總是需要找到出口」。

6

夕陽餘暉映在金水與若芍竹科家陽台的芍藥上，初夏盛開的芍藥，的確是花團錦簇、鮮豔欲滴、雍容華貴。

若芍喜歡種芍藥，因為她父母為她取的名字，就是希望她長大以後能夠像芍藥一樣，不單止美麗，而且高貴。

不過若芍臺北活動很多，很少有機會在陽台上照顧、欣賞芍藥，都是金水默默地準時澆水、修剪、翻土。

而金水也沒有很多機會可以在客廳欣賞到芍藥，因為當若芍沒去臺北，偶爾白天在家的時候，她怕陽光刺眼，而且會傷害到她白皙的皮膚，都要求金水將陽台的窗帘拉上。

所以美麗燦爛的芍藥，在陽台的豔陽下，只有留給樓上的鄰居，當他出來陽台上休息，往樓下探頭時欣賞。

在員工宿舍大樓裡，王金水一個人獨自坐在餐桌，等待若芍從臺北回來，共享結婚二十八週年紀念日的燭光晚餐。

金水想到若芍常說她跟竹科人語言不通，所以到臺北去參加活動。最近甚至跟金水說她要到臺北看電影。

金水問若芍：「為什麼不在新竹看，一定要一個人跑到臺北去看電影？」

若芍一副不屑的表情回道：「在新竹電影院裡看到那些竹科人就討厭。不論是男是女，臉頰兩邊不是寫著硬體線路邏輯，就是軟體程式邏輯，額頭上貼著一張將要上市的科技股股票，左右耳垂掛著的不是紅利就是股利。年底的時候，頭頂上還戴著十八個月的年終獎金帽子，還彼此互相比較誰的帽子高。我就是不喜歡看竹科人的那副嘴臉。」

她繼續說：「不過在臺北也不好，當別人問說妳先生不也是竹科人嗎？我只能苦笑，不知道該替你點頭或是搖頭。」

金水在竹科，從來就沒在職場上得意過，他連續在幾家公司工作，公司不但股票沒上市，而且最後都倒閉關門。

金水翻到若芍訂閱的雜誌中有一行詩句「芍藥花開出舊欄」，知道他是留不住若芍那高貴的心。

金水輕輕地長嘆一聲，抬頭看到牆壁上的時鐘顯示七點十分，估計若芍從臺北趕不回來準時用餐。

他從椅子上站立起來走向廚房，將烤箱的火關掉，等若芍到家才繼續烘烤。

金水為了今天的燭光晚餐做了三道菜的西餐：羅宋湯、松子果仁沙拉、法國南方鄉村牛肉。

羅宋湯，是金水與若芍第一次約會，在西門町明星西餐廳所喝的湯，對金水而言有特別意義，但他不知道若芍會不會跟他有同感。

金水看到桌上義大利橄欖油與紅酒醋擺放的位置不對，正要伸手去挪動，聽到若芍用鑰匙開門的聲音。

若芍開門進來，臉頰上泛著飛紅，額頭流著汗，三步兩步地走進臥室，邊走邊抱怨：「這個鬼地方，從車站坐計程車，十分鐘的路程卻開了半個鐘頭，堵死了。」

若芍頭也沒抬起來看金水一眼，就衝進臥室，下妝梳洗，像是馬上要洗去她身上從臺北帶回來的祕密。

若芍換了一身輕便的衣服，到餐桌與金水相對而坐，看到金水已經為她盛好的羅宋湯，相當不滿：「今天怎麼做了這麼平凡的湯？」

「它是有特別意義的。」

「我們結婚那天請客有喝這個湯？」若芍至少知道今天是他們的結婚紀念日。

金水知道若芍心不在此，提示她自己對羅宋湯有美麗的回憶是毫無意義的，他安撫了自己的心情後，找話題說：「今天做瑜伽後的感受如何？」

若芍自從結婚以後，就三不五時到臺北參加禪修、靈修、靜坐、瑜伽課程。已經二十多年了，她仍然在這些心靈課程中找不到自己，找不到如何跟自己相處，更找不到如何跟當下相處。

若芍眉頭微蹙，心跳加速，臉帶紅暈地說：「嗯……今天這個工作坊跟以前的很不一樣，稱為『喜瑪拉雅心靈瑜伽工作坊』，我們不是像一般瑜伽運動，做完就可以離開。做完輕柔而緩慢的延伸與扭轉動作後，需要將心念和呼吸與肢體動作結合。所以做完體位法後，我們需要做像攤屍式的靜坐，讓身心如禪定般地徹底放鬆。」

金水跟若芍相處那麼多年，平常他們都是用最簡短的句子對話。今天若芍用漫長的句子詳細地描述瑜伽，一定是心中有鬼，想掩飾什麼。

其實若芍心中想的是，今天在瑜伽課程碰到的一位男學員，課後跟他上摩鐵，在床上跟他做完輕柔而緩慢的熱身合體動作，繼續延伸到激烈的扭轉大動作後，舒暢地像瑜伽攤屍式地躺在床上休息，感覺到她與他是心念與肢體的結合。

金水心中有數，卻不敢與若芍直球對決，他假裝若無其事找著話題：「我記得『超覺靜坐』有一個『特音』，如果妳將特音加入這個『喜瑪拉雅心靈瑜伽』的靜坐，說不定效果會更好。」

「你是沒話找話說嗎？我們是做完瑜伽，體力耗盡後靜坐，腦袋自然淨空，不需要什麼『特音』，就不知不覺地進入禪定，所以才那麼晚回來。」若芍欲蓋彌彰，心虛地解釋。她惱羞成怒，將湯匙重重地敲放在桌子上，猛力一拍，「不吃了，回房休息。」

金水目瞪口呆，獨自坐在餐桌，喝了一口羅宋湯，五味雜陳，用湯匙在湯碗中攪拌，看著湯碗裡的牛肉、胡蘿蔔、芹菜、洋芋碎塊，旋渦般地轉動起來。

那天晚上睡覺，金水一直在做夢，芍藥、瑜伽、男人、女人、研究室、電腦、晶片、失業、面試……，就像湯碗裡的食材，在腦袋裡螺旋般地不停轉動；他在黑暗中張眼，擔心明天到工研院面試如果不被錄取，真不知道自己要如何面對以後的人生。

7

金水一夜未眠，乾脆清晨起來，沖泡了一杯咖啡，坐在客廳，環顧四周，這二房一廳的公寓，雖然不大卻相當舒適，處處充滿著若芍獨特的文青品味，真不知道能不能保有這個家？想到當年若芍丟下臺北的工作，與自己結婚搬入竹科，希望安置一個穩定的家，讓小孩可以接受最好的教育。眼前，既沒小孩，可能連公寓都住不下去。他覺得對不起若芍，沒有給她安定的生活。

回想二十七年前，他與若芍搬入竹科內的公寓，在進駐竹科的公司當超音波工程師。幾年後公司倒閉，他與幾位朋友創業，繼續留在竹科，他和若芍也就繼續住在這個公寓。新創公司以開發電腦防毒、防駭軟體為主要業務，推出將資料加密、防止被解密的套裝軟體。數學系的金水以密碼學為基礎，負責研發演算法，然後由軟體與硬體工程師去編碼。可惜防毒的功效只能達到九九．九%，有千分之一的機率阻擋不了病毒入侵，達不到市場九九．九九九%的資安需求，公司又倒閉。

後來有一家竹科科技公司獲得工研院的多功能印表機技術轉移，招聘金水，他又可以在竹科上班，而且保有現在的公寓。

但是，在日本日新月異的先進技術以及中國製造的低成本競爭之下，公司還是倒閉了。金水已經幾個月沒有工作，面臨得遷出竹科公寓的困境。

經營了快三十年的家庭，到頭來他可能保不住居所，更可能保不住若芍。

陽光已經從窗外投射進來，金水從椅子站立起來，一夜未眠，腦袋一陣暈眩，他趕緊扶著椅背，站立良久後才能繼續移動。他整理好儀容，走出公寓，手中緊握著一張工研院的名片……

＊　＊　＊

一個月前，失業的金水在園區走著走著，不經意地來到科技生活館，經過和園茶館，金水不好茶道，卻被門口那句話「生活中的茶禪一味：一處位於科技叢林中，卻是科技人心靈的沙漠綠洲」打動，他的心靈，的確需要一片讓他可以喘息的綠洲。

金水走入茶館，館內原木桌椅，布置得古典雅致，舒適的空間，窗明几淨，背景音樂播放著七弦琴古樂，的確是喫茶養心的好地方。

金水坐下來之後，店員端上本月首選茶，金水低頭看著實木棕黑色的桌面上平放著一個白瓷員外茶杯，清明透徹。他打開杯蓋，茶的香氣迎面溢來，他用杯蓋將漂浮在杯面上的茶葉輕輕撥開，像在整理最近凌亂的情緒，低頭沉思。正想啜飲時，突然有人輕輕地拍拍他的肩膀，他抬頭一看，前面站著的是李一帆。

一帆對金水說：「老哥，你怎麼在這裡品茶？」

金水不知道該從何說起，只能無言以對。

一帆沒等他回答便說：「我剛剛在集思會議中心的論壇演講完畢，每次從臺北到園區來，我都會到這裡喝一杯首選茶才回去。」他邊說邊在金水桌子的椅子坐下來，示意店員要一杯茶後才對金水說：「好久沒見，聊一聊吧！」

一帆就是這種有氣魄的人，他不需要先問金水願不願意跟他聊。

其實金水不想跟一帆多聊，自從那次在中茂家聚會回家後，若芍在床上叫他扮演籃球中鋒，他就知道若芍對一帆有好感。在金水的心中，一帆就是情敵，怎麼會想跟他聊呢！

不過看到一帆人模人樣地站在他眼前，真像是《商周》雜誌的封面人物，西裝筆挺，雙手交叉在胸前，自信滿滿，洋洋自得的模樣，真是咄咄逼人。而金水卻像是一顆腐爛的軟柿子，被氣勢凌人的一帆迫到牆角，不敢說不。

面對多年不見的一帆，金水不想多談，禮貌地問：「論壇講題是什麼？」

「我們公司生產不斷電、不當機的伺服器，我的題目是如何應用伺服器提供全球雲端服務。」一帆加重語氣、充滿氣魄地說：「我負責全球市場，忙死了！」

金水心想，一帆不單止專業強，社交能力又好，才能跟全球的客戶打交道。

一帆看到金水無精打采，垂頭喪氣地聽著，便問金水：「最近在哪裡上班？」

「我在多功能印表機公司上班，不過公司關閉了！」

「紙本是夕陽產業，以後都是數位化的電子檔案了。」一帆停頓了一下，「對了！今天剛好來了一位工研院專案主任，他說他們準備建置系統，資料需要保密防駭，跟數學有關，你不妨去試試吧？」

一帆從口袋裡找了一張工研院的名片給金水，順便也給了他一張自己的名片，職位欄寫著「技術暨新事業資深副總裁」，金水正想問一帆工作內容，一帆手機響起。

一帆接聽來電，輕聲細語地說：「寶貝，我快離開園區回去了。」

一帆與金水道別後便匆匆離開。金水看著一帆的背影，想像他是如何在職場上呼風喚雨、功成名就。而他自己，拿著那張工研院的名片，只希望求職路上有一線曙光。

8

金水穿上西裝，結上領帶，準備到工研院面試。金水拿起那張名片，上頭只有工研院的名字及地址，還有面試人的名字「炎漢」，並沒任何研究所的名稱。

到達工研院的大門口，金水出示相約面試人的名片，警衛看到名字，嚴肅緊張地拿起紅色的內線電話通報。

警衛掛上電話後對金水說：「有專員會出來接你過去。」

一位魁梧壯碩、身穿黑衣的專員，帶領著金水，穿梭於工研院各研究所的大樓之間，來到了一棟類似以金屬材質所建的建築，命名為「銀光大樓」，金屬冰冷的顏色，讓金水不寒而慄。金水感覺到這棟大樓跟其他工研院的研究所不一樣，讓他心生畏懼。

金水為了今天的面試，做足準備，他亟需找到一份工作。他準備了許多資料，證明數學背景的他也可以擔任與電腦相關的差事。而且剛剛看到「銀光」兩字，他想一定是跟光學相關，需要數學方程式。

金水進入面試的會議室，會議桌遠端坐著一位約四十多歲的先生，金水趨前與他握手，「炎先生，你好！我是王金水。」

金水握著炎漢的手，感覺到他的手心軟軟綿綿的，卻帶著暗勁。臉上掛著僵硬的橫肉，油脂光亮逼人。

炎漢用銳利的眼光快速掃描金水的臉，有點像監控系統進行人臉辨識似的，金水戰戰兢兢，臉上帶著不安情緒。

炎先生感覺到金水情緒緊張，刻意放鬆自己臉上緊繃的肌肉，皮笑肉不笑地說：「王先生不用緊張，我只問你一個問題。」

「什麼問題？」

「你願意維護國家安全，無論生死，成為保衛國家的夥伴嗎？」

金水一夜未眠，本來精神就不是很好，暈暈沉沉的，被專員一路帶到這棟大樓來，已經有些驚惶，現在又被問到這個與工作專業毫不相干的問題，支支吾吾，不知道如何作答。

炎漢看到金水一臉錯愕，也不再追問，說：「你回去等通知吧。」

＊　＊　＊

金水回到家，癱坐在沙發上，腦袋一片空白。炎漢並沒有問他關於工作的經驗，卻問他願不願意「保家衛國」。難道炎漢已經發現他正面臨家庭破碎，自身難保？無力保家，何來衛國？看來得到這份工作的機會非常渺茫。

金水的確是面臨絕境。五十多歲了，失業在家數月，竹科通知他搬出宿舍。職場起起落落、跌跌撞撞，沒有房產，沒有存款，沒有兒女，父母雙亡，大哥早逝，唯一需要負擔的是若即若離的若芍。

不過，今天太太又到臺北去倚靠娘家了。

金水孑然一身，毫無羈絆，心想倒不如一死百了算了！

晚餐，金水將前一天為二十八週年準備的剩菜吃光，也將那瓶紅酒喝光。他昏昏沉沉地躺在床上，頭痛欲裂。

金水用撕裂的喉嚨高聲吶喊：「天啊！為什麼是我？讓我死吧！」身心受創、椎心刺骨，活著很累，今天又被面試折磨及驚嚇了一天，輾轉反側，久久不能入睡。

半夜裡金水做夢，他抱著若芍熾熱的身體，她不停地在他身上磨蹭，舔著他的耳朵，甚至以暖呼呼的熱氣哈著他耳朵說：「給我、給我。」

金水被這句很久沒聽到的話驚醒，看看時鐘，凌晨兩點，太太仍然沒回家。金水夢中出現的「給我、給我」，他猜測應該是若芍在臺北某處正在跟一位不知名的男士纏綿、翻雲覆雨的時候發出的叫床聲吧。那位不知名的「他」，正在努力地滿足著若芍的情慾。

金水心想，若芍心目中的男人，必定是像李一帆一樣，比自己有肌肉、有腰力、有氣魄、有成就的男人。

金水睡不著，睜著眼睛往床頭的牆壁上看，有隻蚊子潛伏良久，伺機待發。牠正在等待金水輾轉反側到困倦的時刻，呼出足夠的二氧化碳後，就會低飛蓄力攻擊。

金水知道今天晚上改變不了被蚊子叮咬的命運！而這隻蚊子，就是壓死金水為若芍做了一輩子苦命駱駝的最後一根稻草！

金水知道只要他的身體稍微停止移動，蚊子就會俯衝而下。雖然蚊子以細長的針刺入他的皮膚，疼痛有限，可以忍受。

但金水忍受不了他自己，忍受不了做了一輩子的邊緣人，無法融入人群，更無法融入若芍的人生。

他血脈賁張，急速地奔向客廳，將陽台的玻璃門拉開，縱身一跳，以求了結。

就在這一刻，風起雲湧，在雲端出現一道白影，懸空在陽台的前方，白影猛力將金水推回客廳，讓他跌倒在地。金水感覺到雙腳麻木，不能站立起來。

這個感覺，曾經多次出現在他的幼兒時期。

金水小時候，在睡夢中常出現一道白影，他會像夢遊一般，閉著眼睛，在屋內跑動，追逐白影，而且還喊叫著：「走開、走開！」一直到雙腳發麻，不能走動，倒睡在地，媽媽將他抱回床上，繼續睡覺，但早上起床，金水完全不知道夜裡曾經發生過的事情。長大之後，白影就沒再出現過了。

金水跌坐在地上，雙腳慢慢恢復感覺。他想起了媽媽的話：「以後白影再出現，回家找仙姑。」

9

在臺南烏山頭水庫附近的一座廟宇，是金水媽媽以前求神拜佛、卜卦問事的地方，也是仙姑在此替金水批八字、算命、取名的地方。

金水來到家鄉的廟宇，進入正殿，雙手合十，虔誠地參拜著前方的神明。金水看到廟祝正在打掃，禮貌地問道：「仙姑還在嗎？」

廟祝全身上下打量金水，這位上了年紀的大叔，穿著簡樸，精神恍惚，不像是在地人，卻知道廟宇裡曾經住著一位仙姑，便問他說：「你怎麼知道這裡曾經有一位仙姑？」

「我小時候住在附近，媽媽常常帶我來拜拜。」

「她年事已高，身體不好，已經很多年不問事了。不過她仍然在這，住在正殿的後方。」

金水來到了廟宇後方的紅磚小屋，在南部的陽光照耀下，窗明瓦淨。他輕輕敲了一下門，仙姑把門打開，陽光照入客廳，家具簡單乾淨，明亮寬敞，絕不是大家想像中的通靈空間，陰森恐怖。

金水以為仙姑是神仙，一定記得他是誰，自報姓名說：「仙姑，我是王金水，妳記得我嗎？」

仙姑行動雖然有點緩慢，但雙目炯炯發亮，很有精神，看來頭腦清晰。

仙姑說：「我是人，不是神，怎麼會記得你。我跟你一樣是平凡肉身，只有當『上面』通知我辦事的時候才不一樣。我的身體就像是裝了一座電話機，『上面』來電，我就接起來，將交代的事情說出來後，就掛上電話。」

仙姑請金水坐下，問金水說：「什麼事找我？」

「我失業、太太又跑了，正要跳樓自殺，有一道白影子將我從空中推回來，那個影子是誰？」

仙姑手上拿著一個六角形的盒子，盒子上凹凸不平，類似「陰陽八卦陣」，但不是八卦，而是六卦。她眼睛深閉，用雙手的指尖在六角形盒子上面摸索一陣，口中念念有詞，仙姑開始通靈，準備接「電話」。

一瞬間仙姑皮膚緊繃，光澤鮮豔，身體開始顫動，連聲音都變了。

仙姑以顫抖的聲音說：「你太軟弱了，應該像鬥士一般，勇敢地去面對。你的時辰未到，還有事交代你辦，回去吧！」

仙姑以抖音一口氣將「上面」的話交代之後，便將「電話」掛上。一陣沉默後，她張開雙眼，回復原來平和的聲音說：「你聽懂『上面』說的話了嗎？」

金水本來想再問清楚，但看到仙姑臉上已經返回原來的顏色，知道靈界與凡間已經兩相隔，仙姑是不會知道她剛才說過什麼的。

第三部

10

金水拜別仙姑，返回竹科後，馬上便接到炎漢的通知，要他再度到工研院面試。其實炎漢的確有人臉辨識的能力！

在金水到工研院面試之前，炎漢已經將金水的背景調查得一清二楚，當然也包括若芍。炎漢是以國安局特派員的身分參與工研院這個專案，經過他的調查，王金水一無所有，已經沒有活下去的理由，他可以效命國家。

這天早上，炎漢一看見金水再次踏進他的辦公室，馬上站立起來，友善地握住金水的手說：「王先生，你今天氣色不錯。我們已經對你做了全面的背景調查，你是加密解碼專家，我們心目中的最佳人選，我想你是會接受這份工作的。不過，在上班之前，必須簽署這份『保密協議書』。」

金水心想，過去所有跟科技相關的工作，都需要簽「保密協議書」，而且他已經是被掏空的人，沒有什麼東西可以損失了，就不假思索地在協議書上簽字。

炎漢說：「你已經接受了這份工作，我帶你去工研院會議室看一份簡報，讓你了解工作內容。」

＊　＊　＊

其實不過是在兩年前，炎漢才被調任到這份工作。

多年前，炎漢是軍中的中尉輔導長，在中部地區一個部隊服務。在就任之前，這個部隊的軍紀相當混亂，連部的官兵放假回家，常常在住家鄰里附近發生暴力討債、酒駕闖禍、聲色場所肇事等破壞軍譽的事情。加上媒體多次報導，討伐軍中紀律不良，傷害軍民感情，國防部部長為了這件事情曾被召喚到立法院質詢。

政戰學校心理與社工系畢業的炎漢，在軍中自習，善用科技處理軍中問題。他到任之後，有一位士官長休假後回營，炎漢請這位士官長到輔導室來，播放他在電腦中剪接後的影片給士官長看。

影片上顯示，士官長放假那天到卡拉ＯＫ店唱歌，離開時騎著摩托車，帶著小姐上摩鐵。事後他匆匆離開，趕著回家，若無其事地跟太太與三個小孩共進晚餐。

士官長非常驚訝，「你怎麼知道我休假去過的地方，做過什麼事，還調到影片？」

「我只是把我的工作做好，你應該不願意讓我將這影片分享給你太太看吧？」炎漢確實神通廣大，他從多方管道取得官兵手機的ＧＰＳ定位追蹤士官長，以及公路上監視器的影片，更進入摩鐵的針孔相機系統，取得房間裡的錄影帶。

從此之後，士官長改口稱炎漢為「老大哥」，而且告訴營裡的同袍，這位輔導長神通廣大，會暗中「照顧」著每位官兵。從此這個部隊在軍中的軍紀稽核，往往名列前茅。

輔導長除了監督部隊，還需要嚴厲的教導政治作戰。在軍中，連長往往是嚴厲凶狠地「唱黑臉」，而輔導長是柔性安撫地「唱白臉」。炎漢翻臉如翻書，「黑臉」與「白臉」唱作俱佳。

不過，炎漢之所以被調到國安局擔任專案主任，並不是因為他將軍中的軍紀問題處理得宜。

軍中的輔導長還有一個職責，就是負責舉辦一年兩次的懇親會，讓官兵家屬們了解他們的孩子在部隊服務的環境與動態。

炎漢善用科技，而且相當用心。他錄製影片，在懇親會上播放官兵們早點名、晚報到的情境之外，還播放官兵們單兵作戰的培訓過程。他根據懇親會上家屬們的回饋，向國防部做了一份提案，建議將來可以應用ＶＲ虛擬實境技術，讓家屬在懇親大會上身歷其境地體驗官兵子弟們在單兵作戰時的臨場感，以求促進家屬與官兵在懇親大會上的互動。

就因為這個提案，炎漢接到了調職國安局的命令。對此，炎漢雖然欣喜，心中卻也納悶。以他過去在部隊對科技與情報的經歷，他應該是被調到國安局的科技情報與通訊安全的第五處任職，為何被調任為國安局「銀光計畫」的專案主任？而且還通知他到局長室密會？

＊＊＊

炎漢進入局長室，局長坐在沙發椅上，指示炎漢也坐下。

局長指著矮桌上的文件說：「我國人口嚴重老化，長期照顧支出將拖垮國家財政。這是工研院剛送來的計畫書，你就是專案主任。」

炎漢心想，國家財政將被高齡人口攻破，長照支出威脅到國家安全，難怪與國安局有關。但他仍有不解，便問：「為什麼借調我過來？」

「工研院建議以ＶＲ系統輔助老人安度晚年。」

炎漢想起他曾經建議應用ＶＲ虛擬實境技術以增進家屬在懇親大會上與官兵互動。他恍然大悟地說：「原來工研院跟我的想法一樣，我們可以設計ＶＲ互動影片，讓老人家傾訴他們的生命故事。」

他補充說：「不過，我們需要大量健保數據及老人家生活上的實境影片。」炎漢指的實境影片是監視器所收集的資料，除了公路及社區，還有各公私機關團體，包括醫院、長照中心、日照中心等等的錄影。

局長點頭同意說：「工研院已經跟行政院在處理中。」

炎漢聽到行政院也參與其中，可見此計畫必定有政治考量。他心想，局長把自己調到這個工作，除了看到他在軍中的表現，一定也看到他的潛力，他必須學習官場的「政治正確」，說不定有朝一日能入閣。

炎漢問：「國安局又能為國家財政危機做些什麼呢？」

「跟所有的戰爭一樣，桌面上解決不了的，需要地下解決。我安排你到工研院去見幾位專家吧。」

炎漢心想，戰爭除了特務戰、資訊戰，還有病毒戰、化學戰。工研院有什麼計畫，可以打贏這場老化嚴重的戰爭？

11

金水簽了保密協議書，工作有了著落，心情踏實多了。他跟著炎漢進入工研院會議室，螢光幕上投射著「銀光計畫」四個字，會議桌前方分別坐著幾位學者專家。炎漢對金水說：「他們會對你解說專案的內容。」

這時螢幕換上了一張兩個腦部的ＭＲＩ照片，左邊那張標示「電玩前」，右邊那張標示「電玩後」。

一位腦科專家用雷射筆指著照片以紅色標示的腦幹說：「右邊的腦幹明顯地比左邊的腦幹活躍飽滿，大腦海馬迴和小腦體積都變大。顯示這位年輕人在打電玩六個月後情緒變化很大。」

腦科專家補充：「大腦是有可塑性的，透過視覺與聽覺的感知，可以刺激內分泌，讓情緒波動，影響呼吸及心跳。」

一位科技專家說：「我們的計畫是應用ＶＲ虛擬實境科技設計一套遊戲，讓老人不用出門，甚至連失能都可以打電玩。」

金水心想，老人家最大的問題就是不想出門，長期呆坐在家，活動力減少，影響身體健康，到最後失能失智臥床在宅，需要長期照顧。這些專家們反其道而行，不是鼓勵老人家出門，而是應用科技讓老人家呆坐在家裡打電玩？難怪這個計畫是國家最高機密！他必須步步為營。

「銀光計畫」的「銀光」，是不是要讓銀髮族發光發熱？長期臥床的老人，不能自主行動，怎麼可能再度發光發熱？難道，「銀光」是要讓臥床的銀髮老人死光！

金水問：「什麼樣的電玩會有黏著力，讓老人家像年輕人一樣，拿起電玩就放不下？」

炎漢示意會議主持人播放下張投影片，說：「我們已經在這棟大樓安裝了ＶＲ遊戲雛形裝置，開始收集資料。」

金水看到照片上這棟四層的大樓，大樓正門掛著一個牌子寫著「雲端樂園」。

主持人繼續說：「這棟大樓的一樓是接待區，二樓是電玩區，三樓是長照區，四樓是安寧區。」

金水心中猜想，老人家從一樓Check-in，到二樓打電玩，久坐失能，被搬上三樓長照兩年，然後到四樓被安寧照顧兩週後，升天到雲端……真是暢通無阻的「銀光一條龍」服務！

一位醫護專員補充：「三樓的長照區，目前有四十位九十歲的長者，大多是坐輪椅、插鼻胃管的老人，少數可以自主行動。」

她繼續說：「長照區跟一般的長照機構一樣，有照顧服務員，照顧輕症老人吃、喝、拉、撒、睡，重症老人灌食、翻身、拍背。有護理師負責量血壓、心跳、體溫、用藥，還有社工師安撫老人們孤獨、挫折、焦慮的情緒。」

這位醫護專員眉毛一揚，得意地說：「最特別的是，我們有一位編劇個案管理師！」

「編劇個管師？他負責什麼？」金水雖然沒有參訪過長照機構，他對長照區目前人員的配置都可以了解，就是不懂為什麼有一位「編劇個管師」。

炎漢漫不經心地說：「編劇個管師陳家豪是我聘雇的，他是電影系畢業的，受過正統的學術訓練，而且有實作編劇經驗。」

「是不是寫自傳、寫經歷？老人們記憶力衰退，怎麼會記得八、九十年前的事？而且他們怎麼有表達能力，是用文字或口述？」金水更是不解。

炎漢不想多談，一臉嚴肅地指示播放下一張。

這個時候，螢光幕上放了一張三樓長照區的照片，全層沒有隔間，大通艙裡放置著四十張床鋪，像是一個偌大的實驗室。每個人床頭都配備了像機車般大小的ＶＲ鏡頭盔，頭盔上有一條像電源線粗細的線連接到床邊的電腦。

幾位臥床的老人戴上ＶＲ裝置平躺著，手上沒有握著一般ＶＲ系統標準配備類似雷達圓形的手持控制器，而是在十指指尖各戴著手指尖套，而且連十個腳指尖也戴上腳指尖套。

金水問：「那些手指尖套及腳指尖套有什麼作用？」

科技專家說：「十指連心，指尖套的感應器可以把老人的腦波反應傳遞到肌肉而控制遊戲，讓老人躺著也可以玩。我們的設計原理是根據史蒂芬·霍金戴著的眼鏡，以臉部肌肉的抽動來操作鍵盤一樣。」

科技專家繼續說：「我們的系統除了指尖套，ＶＲ頭盔有內建的腦波感應器及人臉皮膚情緒感應器，系統可以偵測與處理當時的情緒。」

炎漢已經猜到金水想問什麼，便接著說：「你現在看到的是系統前端，明天帶你到銀光大樓的電腦中心，看系統後端的其他功能。」

炎漢對著大家說：「會議就此結束。」

會議結束，金水不解的問題比進會議室之前還多。他問炎漢：「你是銀光計畫的專案主任，已經在工研院附近建造了四層樓的『雲端樂園』，有樂園主任、管理員，也有編劇個管師。科技專家在銀光大樓設有電腦中心，那我做什麼？」

炎漢說：「數據就是王道，你是保護設計遊戲所需資訊的資安專家啊！你今天夠累了，我送你出大門，明天帶你到電腦中心。你先回去吧，我還要去管理處幫你申請已婚員工宿舍，好讓你們夫妻入住。」

炎漢邊走邊搖頭，心想金水真是一位不能進入狀況的老實人，需要特別「照顧」。

12

金水沿著人行道從工研院走回竹科，心裡忐忑不安，雖然他工作有了著落，炎漢也正在準備宿舍讓他們夫妻入住，可是若芍會跟他住嗎？

金水很害怕回家，如果若芍不在家，今晚他又要獨守空床，夜長夢多，他必定會胡思亂想，噩夢連連，真不知道該如何才能度過又一個漫漫的長夜。

金水打開大門，若芍果然不在家，只看到芍藥仍然在陽台上。最近金水情緒不穩，芍藥缺少照顧，葉子慢慢地枯黃，枝幹下垂，他已經乏力，無心照顧芍藥了。

金水躺在沙發上，牆上的鐘滴答滴答地響，但他完全聽不見，因為他的耳朵正專心地聽著大門外面有沒有腳步聲，有沒有若芍用鎖匙開門回家的聲音。

不知道是幾點鐘，金水聽到門外有人重重地敲著門，還有若芍的喘氣聲，有氣無力地呼叫：「開門，快開門……」

金水從沙發上跳起來，急奔大門，一打開門就看見若芍滿臉通紅，雙手壓著胸口，呼吸急促，站立不穩，直說：「我好暈啊，胸口發悶，有點絞痛……」

金水扶著若芍到床上休息，若芍躺在床上，喃喃自語：「右腳尖有點麻麻的……」然後就疲憊地睡著了。

金水坐在床邊，看著若芍，她臉上仍然掛著多年前那高不可攀的神情，既熟悉，又陌生。這位枕邊的陌生人可能跟著他搬進工研院的宿舍過日子嗎？

金水不敢往下想，到廚房用慢火煮了一鍋粥，準備小菜。他猜想如果若芍半夜醒來，可能需要吃些東西。過去當若芍身體不舒服，最想吃的就是金水幫她熬的粥。

金水看著若芍虛弱的身體，呼吸相當緩慢，他不敢大意，三不五時就靠近她的臉，感覺一下若芍還有沒有呼吸。

若芍清晨醒來，金水馬上起床，扶著若芍身體走出臥室，坐在餐桌的椅子上，金水也坐下來，問：「哪裡不舒服？」

若芍摸摸自己的手腳、胸口，「好些了，腳不麻，胸口也不痛了。」

「不痛了，應該就舒服些了？妳還是在家多休息吧。肚子餓了嗎？」

若芍看著餐桌上一如往常擺放著清粥小菜，若有所思，良久不語。她低著頭，眼睛直盯著桌子那鍋濃稠的粥，最後吞吞吐吐地說：「我去臺北住幾天再說吧！」

金水知道若芍不想多談，無可奈何的他只能稍作打理，就到工研院上班去了。

＊＊＊

這一天，若芍從新竹搭車到臺北，沒有到父母家，也沒有到男朋友家，而是直奔臺大醫院。

其實若芍最近常跑門診，她胸口微微疼痛、覺得氣悶已經不是第一次了，而昨晚的症狀特別嚴重。一個多月前她掛了心臟科，醫生建議她做八百切的胸腔電腦斷層掃描及腦部MRI磁振造影掃描，今天報告出來了。

若芍到了醫院大廳，人來人往，「門診若市」，原來她跟醫院十多層大樓醫治「生、老、病」的門診與病房是那麼地接近，當然更接近底層「死」後的「停屍間」。

心臟科醫師在電腦上打開若芍的病歷，指著螢光幕上的胸腔電腦斷層掃描影片說：「妳胸悶氣壓的症狀，都是因為在心臟後方有一個心肌橋！」

若芍不解問道：「什麼是『心肌橋』？」

「是心臟肌肉組織錯位，壓抑著主動脈，影響血液循環，心肺功能啟動會比較慢。」

若芍遲疑一下，回想起來，原來她小學的時候短跑起跑的時候比別人慢，高中在儀隊黑管吹不響。

若芍趕忙問醫師：「可以治療嗎？」

「不需要治療，它已經跟著妳一輩子了！妳最近有這些間歇性的症狀是跟心肌橋有關，而且會直接影響到心血管，間接地影響到新陳代謝，所以妳的體質會加速老化，等有明顯的症狀再說吧。」

醫師提醒，「最重要的是生活不能有壓力，過度疲勞。」

若芍離開醫院，醫師含含糊糊、欲言又止地不給她確定的答案，又不需要治療，她感覺到事態嚴重。

最近她感覺到體力、精神、情緒下降，必定是新陳代謝不良，身體各器官慢慢退化所引起的。她感受到埋在她心臟五十多年那個「心肌橋」定時炸彈，每次的抽動，都可能引發爆炸，輕則小中風，重則大中風，甚至於猝死。無論哪種狀況，她需要被照顧的機會已迫在眉睫。

＊＊＊

她回到男朋友家的居所，將手上的皮包往臥室梳妝台上一放，往床頭牆壁上掛著的照片看過去——一張她與李一帆的合照。

若芍凝視照片，回想二十多年前在呂中茂與楊芙薇夫妻獨棟平房的家，第一次看到一帆就為他著迷。

那次的potluck聚會，一帆像夏季的風一般，熱情、灑脫、奔放，暖呼呼地吹進了若芍被冰封多年的心房。那天晚上，她帶著酒意回家與金水上床，當金水使勁地在她身上衝刺，她想像自己摸到的，是一帆健碩的胸肌。

那天在中茂家八個人合照的團體照，若芍正好站在一帆旁邊，她拿去攝影工作室，掃描、放大，裁剪成只有他們兩人的大頭照，正掛在他們同居臥室的床頭牆上。

若芍是在兩年前與一帆重逢而發生了這段婚外情。

若芍雖然是跟金水結婚住在新竹科技園區，金水在園區的工作起伏不定，受到生活大小事的折磨，情緒起伏不定，感情不斷折損。

若芍這位文青，受不了園區這種鳥不生蛋的地方，常常往臺北跑，也常常到娘家過夜。多少年來，她在臺北參加了各式各樣的活動、課程，樂此不疲。

兩年前，她突然想參加拉丁舞課程。記得那天晚上，她進入教室，就遇到一帆，見他穿著專業舞蹈V領緊身長袖白襯衫、黑長褲，油頭粉面，渾身散發獨特的魅力。

下課後，一帆主動跑過來和她寒暄：「若芍，還記得我吧？當年，我就猜想園區的一攤死水是留不住妳的。果然像妳的文章所說，一定會跑到臺北來找『出口』！」

一帆眼睛盯著若芍的胸前說：「這套短裙洋裝，穿在妳身上簡直太美了，顯得身材窈窕。」

若芍一聽這話，心中小劇場開始演出。想起有一次，她跟金水到百貨公司試穿一件貼身、黑白相間的洋裝，從試衣間走出來問金水好不好看，金水竟衝口而出：「像極了一隻吃太飽的斑馬。」

難怪金水爸爸曾對她說：「我這個兒子不是笨，是蠢！」

若芍回神看著一帆，當年心儀的夢中情人出現在眼前，一帆的胸肌仍然碩壯，性格熱情如故，挑起了她多年不曾悸動的心，臉上泛紅問：「一個人來啊？采雲呢？」

一帆輕描淡寫地說：「我們已經離婚將近二十年了。我們兩個人，彼此都在追求更浪漫的愛情。像喝紅酒一樣，嘗試過一種口感，會不斷地追求更頂級、更合適自己的口味。」

一帆交代完他的感情觀，接著理直氣壯地說：「離婚後，我到臺北來上班，最近跟女友分手，如果你晚上沒事，就到我家坐坐吧。昨天法國客戶帶來了一瓶頂級好酒，我正等待合適的人一起品嘗。」

一帆仍然是一個有氣魄的男人，不等若芍回答，就牽起她的手，上了計程車到他家。

從此，若芍與一帆的合照就掛在他們的床頭上。

若芍手中拿著醫師開的鎮靜劑，正陷入沉思，突然間被開門的聲音打斷。

一帆一進門就喊著若芍：「寶貝，妳回來了？剛剛路過花店，買了一束妳最愛的花。」

若芍從臥室走出來，看到餐桌上放著正在盛開、鮮豔欲滴的芍藥，而今天醫師卻宣告她的身體正日漸枯萎，不禁鼻酸。

她忍著淚水，相信一帆仍然會深深地愛她，便問一帆：「如果我重症臥床，你會照顧我嗎？」

對這突如其來的問題，一帆略感迷惑，但下一秒他就輕鬆回道：「寶貝，你怎麼突然這樣問呢？我們兩個人在一起，不就是認為生命苦短，要沒有負擔的成為彼此最好的玩伴嗎？」言外之意是，照顧對他來說是很大的負擔。

若芍本來就知道，一帆跟她在一起是可以共享樂，不能共患難。

她默默地把芍藥修剪後插入花瓶，拿起花瓶，在客廳找了一個光線、溫度、溼度適中的角落，將花瓶放下。

13

金水到了工研院的銀光大樓，走進炎漢的辦公室，炎漢正跟一位穿著斯文的男士低聲交談，這位男士上身是立領休閒襯衫，下身是淺色長褲，衣服貼身適中，顯得身形高瘦，頗有藝文氣息。

炎漢看到金水到來，馬上中斷他們的對話，對金水說：「這位就是編劇個管師陳家豪，他已經完成了部分老人家的生命故事，而且將長篇故事濃縮成短篇的劇情大綱，你可以上電腦查看。他的工作就是跟你一起設計出遊戲。你的任務除了一起開發遊戲，最主要的是保護資料，不只是我們之前所收集的資料，還有在研發過程中所產生的資料，這些都是國家的資產。當然，你的專業也需要對智慧電腦下指令。」

個管師趨前跟金水握手說：「我們是同事，有空歡迎你過來雲端樂園看看，老人家的生命故事真的很有趣。」

陳家豪看來面善親切，眼小眉細，有種讓人讀不懂、看不透、深不可測的神祕感。年齡跟炎漢差不多，只是沒有一臉橫肉。

炎漢對陳家豪說：「你先回去，我帶他到電腦中心看看。」

走進電腦中心，炎漢指著電腦主機說：「這套『黑金剛』超級電腦就是我們研究計畫的心臟。昨天那四十床的ＶＲ裝置透過光纖網路連結到這裡。資料都在這，你好好研讀吧。」說完就離開電腦室。

金水走向電腦旁的書架，取下系統操作手冊，翻頁到「系統摘要圖」，圖中央畫著兩朵雲團。

第一朵雲團的中央標示「硬體元件架構」，上方以大字體標示「超級電腦銀光第五代／Super Silver Generation 5」。雲團的四周圍繞著八個小方塊的硬體元件，從四面八方連接到雲團。

第二朵雲團的中央標示「軟體模組架構」，上方以大字體標示「銀光狗人工智慧系統10.1版／SilverGO AI 10.1」。雲團的四周圍繞著九個小方塊的軟體模組，同樣從四面八方連接到雲端。

金水看到頁面下方加註：

「身心靈緣指數」是由四個數字所組成，依次為「身適能」、「心適能」、「靈適能」、「緣適能」，顯示個案的身體與心理狀態從０到４。

金水恍然大悟，原來雲端樂園除了四層大樓外，後端是將硬體元件與軟體模組在雲端做整合，透過演算法進行操弄！

金水往下翻頁，整本三百多頁的操作手冊，分章分節地解說著各硬體元件與軟體模組的功能與關係。金水從前頁翻到後頁，又從後頁翻到前頁，對照研究，沒多久就頭痛欲裂，無法專心。

他昨晚因為照顧若芍不能入睡，而且若芍動向不明……不知道他們接下來的日子該如何過下去？

14

金水到任兩個月後，工研院的宿舍分配下來，他花了一天半的時間搬家。將衣物整理完畢後，金水看著臥室床頭的牆壁上那張結婚照片沉思。若芍真像是一隻貓，獨立自主，高興蹓躂到哪裡就蹓躂到哪裡，呼叫牠也不會過來。等到牠需要被服侍的時候，牠就會出現在你身邊。

金水常常自問：「為什麼有人喜歡養貓？」

＊＊＊

宿舍安頓下來，金水回到銀光計畫研究大樓，他的辦公桌上放了一張炎漢留下的紙條：「盡快研讀生命故事，很多事等著你做。」

金水坐在電腦前，準備登入系統，想起他第一天上班的時候，炎漢手寫了一個密碼在紙條上交給他說：「你的個資已經在電腦建檔了，可以用這個密碼登入系統，看完後丟入碎紙機。」

金水根據紙條上的密碼「251469555320674689303425」輸入，電腦卻顯示「密碼錯誤，請重新輸入」。金水小心翼翼地再次輸入密碼，電腦仍然顯示「密碼錯誤，請輸入六個數字」，而且以粗字體顯示「三次輸入密碼錯誤，將會封鎖帳號」。

金水重新核對輸入的密碼，雖然數字很長，他的確是一字不漏地正確輸入了，為什麼還會發生錯誤？而且還顯示只接受六位數字？

金水手拿著紙條，心想炎漢絕對不會平白將密碼寫在紙條上，一定是在挑戰他的能力。

他再次小心翼翼地檢視紙條，才恍然大悟，心中暗自發笑，「這不就是最古老的密碼學！」

系統只要求六位數字，炎漢卻提供了二十四位數，炎漢是在考驗金水的解密能力。金水必須在二十四個數字中擷取六個數字。

古典密碼學以字母或數字為單位，含兩個部分：演算法和金鑰，金鑰是用於加密與解密演算法的一個祕密參數。

金水猜想，這個祕密參數很可能是「+/-3」：原文本來只有六個數字，加密的時候在每個數字之前加上三個數字成為雜文「2514 6955 5320 6746 8930 3425」；反過來說，解密的時候則刪除每組數字前面的三個數字，只取第四個數字，就成為原文「450605」。

金水試著以「450605」登入系統，果然成功！他欣喜於自己輕鬆解密了炎漢的密碼，卻對於這六個數字暗藏的玄機毫無警覺——炎漢設定的正好是若芍的生日。

金水本著工程師思維，馬上進入系統管理模組，將系統的防毒、防駭的三十二位元安全模組升級為六十四位元加密解密演算法，並將管理者密碼改為相當複雜的一長串亂碼，以防他人入侵電腦。

金水以新設定的密碼登入，打開「生命故事」檔案夾，發現各篇生命故事的首頁，是由編劇個管師所整理的「劇情大綱」，他以簡短的文字描述老人家在各成長階段所發生的重大事件，其中有場景、情節、人物，以及情緒的轉折，如同電影劇本一般，將九十年的人生，曾經被歷史大環境以及身邊人事物所踐踏而身心受創的烙印，以簡短的數百字記錄下來。

其中一篇大綱，記錄了林碧英的往事，編劇個管師並在頁尾標註：主角最近夢中不斷出現勝利的彩虹旗在揮舞，她似乎在靜待她的生命以某種方式落幕。

而且還標示林碧英的身心靈緣指數為「3、3、4、1」。

金水不了解這些指數對林碧英的含義，而且「彩虹旗」的意義為何？他心想，得到雲端樂園深入了解。

※〈林碧英生命故事・劇情大綱〉

主角林碧英，生於大正八年（一九二〇年），十兄弟姐妹中排行第九。

父親生於清光緒年間，長於臺灣日治時期的明治、大正、昭和時期，臺南赤崁望族，三世儒學。主角父母保守封建，重男輕女，認為女子無才便是德。

碧英受私塾教育幾年後就沒有繼續上學堂，父兄管教甚嚴，常被家中的男性欺壓，反而強化了她反威權的性格，因此特別同情弱勢。

花樣年華十七歲的碧英，奉父母之命、媒妁之言，嫁給府城豪門風流倜儻的才子。婚姻並沒有帶給她幸福的生活，公子哥兒的丈夫生性風流，常無理地強迫主角性愛。二十歲那年，碧英在床第之間猛力踢向丈夫私處，因而被休。從此她一生就住在富裕的娘家。

封建保守的年代，被休的婦女受到社會排斥，碧英足不出戶，在家熟讀文史，更常看文化啟蒙運動的刊物，《藻香文藝》、《臺南新報》、《臺灣日日新報》，深受反迷信、反封建、反霸權影響，關心各類社會運動，並成為一生的志業。

碧英第一次遠從臺南搭火車到臺北大稻埕參加反封建大遊行，她在「大日本婦人會」的隊伍中徒步前進，看到旁邊有一位年齡相仿的女子，她用粗壯的臂膀舉起拳頭，憤怒地高聲喊叫：「失婚沒罪！」

她被這位女子反權威的勇敢行為吸引了。遊行結束，她和對方聊天，得知女子的故事：女子叫「三妹」，也是臺南人，二十歲嫁入鄰居農家，丈夫被日人徵兵到南洋打仗死亡，公婆怪她剋死丈夫，要她到田裡加倍勞動，以補償失去兒子的勞動力，又不時打罵她。於是她從偏僻農村逃出來，無家可歸。

碧英聽到三妹的身世，少女失婚，感同身受，於是碧英帶著三妹回到臺南，在她的臥室裡加了一張小床，兩個人一起生活。有天夜裡，兩人聊天，碧英親暱靠在三妹肩上，感覺到她寬厚擔當的肩膀，兩人情不自禁彼此撫摸起來，從鼓鼓的胸部，一直到脹脹的兩腿之間。從此兩個人就睡在同一張床上。

事隔不久，就被碧英父母發現，被休的女人已經讓這富貴人家禁不起鄉里的偏見，現在女兒居然跟另一個女人在床第之間發生關係，斯可忍孰不可忍，於是父母偷偷打發家丁去農村告發三妹的行蹤。

三妹的公婆像抓到逃兵一般，押著三妹回家。後來，碧英聽人轉述才知道，三妹被關在柴房並遭毒打一番後昏睡過去，夜半在柴房醒來後，心力交瘁，便跑出柴房，跳井自殺。

從此，碧英對重大社會運動沒有缺席過，尤其對「新女性主義運動」，獲悉何處有遊行，她就熱血沸騰、英氣勃發，南北奔波參與遊行盛會。在遊行隊伍中，她只是默默地行走、默默地靜坐，抗議命運對弱勢的不公不義。

15

金水從工研院銀光大樓走到院外的雲端樂園三樓長照區，眼睛往前方的大通艙看過去，住滿了四十位老人。

金水走向林碧英的床位，見她精神飽滿，便打招呼：「阿嬤，妳食飽未、睏飽未？」

「你講啥物？我聽無！」

金水察覺到老人多少有點重聽，便提高聲音：「有沒有吃好睡好？」

「有啊，不過晚上總是醒醒睡睡。」

阿嬤從床上坐起來，手扶著床邊的椅子，站立起來移坐在椅子上。

「阿嬤，妳日語一定很溜吧？」

「我讀的是漢冊，漢語比日語好。」

金水看著阿嬤的臉，有古代婦女的含蓄內斂，又有現代婦女英氣颯颯的風姿。

「妳的生命故事很精彩，鉅細靡遺地描述了二、三百頁，妳記性真好！」

「老了，怎麼會記得？都是那位陳先生深入了解我當年所遇見的人事物，構造情境，而且他還耐心地提醒、引導，我才能慢慢想起來。」

金水細讀過她的生命故事，好奇她為何會熱衷於參加婦女運動？是不是她成長中造成了什麼創傷、內心藏著什麼陰影？

老人家晚上睡睡醒醒，一定有很多夢，也許她的陰影會在夢中浮現。

金水問：「個管師說妳最近常夢到彩虹旗，有沒有夢到其他的事？」

「有，可是夜裡夢多，早上醒來就忘了。我尿急，再不上廁所就會漏尿了。」

金水意識到阿嬤不想多談，好像隱藏著什麼祕密。他邊走邊想，從今天的閒聊中，看到林碧英的為人，思考如何解釋指數「3、3、4、1」。

林碧英今年九十歲，靠著輔具，行動自如，身體算是健康，所以「身適能」指數為3。

與她對話，樂觀進取，直話直說，心中有些目標就去追求，頗為快樂，「心適能」指數應該是3。

「靈指數」為4，看來是因為林碧英自主性強，表裡一致，身心合一，所以「靈指數」得到最高分。

可是指數最低的是「緣適能」指數1，可能是因為她生不逢時，遇人不淑。

金水知道這個時候繼續追問林碧英任何事情都不會有答案，他走向大門準備離開，正好看到靠近門旁的病床上躺著一位老先生，個管師坐在椅子上，循循善誘，幫阿公整理生命故事。

金水站在床邊，看著老先生躺在床上，床邊放置著輪椅，猜想他的「身適能」指數應該是1；再看看他臉上的風霜，布滿像老樟樹樹皮般的皺紋，「心適能」指數感覺也不會超過1。

個管師正好寫完一個段落準備離開，他看到金水在身旁，對金水說：「王兄，我跟你一起走出去吧。」

陳家豪邊走邊說：「這位個案的生命故事快寫完了，回去整理一下大綱就可以結案。這個個案很有趣，我叫他阿公，他馬上糾正我說，大家都叫他『大佬爺』。」

「看他臉上的皺紋，應該不像是養尊處優的大佬爺吧！」

「他說他們東北老家，小男孩都是被稱呼為『大佬爺』，小女孩卻叫『老姑娘』，希望他們能夠避凶趨吉，幸運地長大成人，平安地活著到老。」

「你是怎樣引導老人家編寫生命故事？」

「故事必須有結構，我將人生分為六個階段，嬰兒、幼兒、少年、青年、中年、老年，用下面的句子去激發每個階段的記憶：

『當時在什麼地方？』

『跟什麼人在一起，跟他們是什麼關係？』

『發生什麼事你最喜歡？』

『發生什麼事你最害怕？』

『你如何處理？』

『然後呢？』」

話說到這，陳家豪停頓下來，低頭看著自己的筆記本，頁面寫著「編寫生命故事的結構與步驟」，記錄著他如何引導老人家編寫生命故事的細節。

他不想把這個細節告訴金水，便隨意地說：「不過，老年期就不需要問『然後呢』這個問題，因為人生如戲，結局離不開『喜劇』、『悲劇』、『悲喜劇』三種收場。」

金水聽完陳家豪跳躍性的解釋後，似懂非懂，不敢多問，於是轉移話題：「你是怎麼被聘進來的？」

陳家豪突然被問起這題，內心小劇場不禁搬演起來。

他大學畢業後入伍當預官，派駐到中部的部隊，輔導長就是炎漢。當年炎漢整頓軍紀，陳家豪當「抓耙仔」，深得炎漢信任，在軍中得到炎漢特別照顧。

回想他當年就讀五專，主修「事找人」的會計，卻在三年後發現自己的興趣是拍電影而轉讀電影科系。畢業之後，立志拍自然生態的紀錄片，他一個人扛著攝影機，上山下海，駐站蹲點，不眠不休，捕捉了精彩的畫面，以數位後製軟體剪接，加上音效、特效後製作了幾部紀錄片參加比賽，全數名落孫山。

自從電影數位化之後，拍攝以及後製容易，參賽者眾，想在千萬部作品中競賽得獎實屬不易，所幸他作品的片段受到製片公司青睞，才以微薄收入為生，後來他加入廣告公司團隊，輔助拍攝廣告片。

年輕時候的夢想，因為數位時代的來臨而破滅，正值壯年，事業不順，收入不穩定，當炎漢來電告知工研院有「編劇個管師」的職缺，收入穩定，加上他過去跟炎漢在部隊的默契，就接受了這個工作。

不過，炎漢特別交代過他，金水不是自己人，不可說明兩人過去的關係。所以，他謹慎地回答金水：「從網路看到職缺，應徵進來的。」

簡短的一句回答，陳家豪藏起自己過去與現在的身分，也同步將他寫著資料的筆記本合了起來。不過，他心想，金水看來是老實人，毫不世故，究竟炎漢防著他什麼？

16

炎漢自從到工研院任職，將研發工作分配給下屬後，無所事事，他的偷窺癖好又發作了。

當年炎漢從軍中調到國安局當「銀光計畫」專案主任，他原本以為是做一些跟科技與資訊相關的工作，沒想到卻先被送到特訓中心接受特務養成訓練，教官特別傳授炎漢殺人滅口、暗殺等特務必備的冷面殺手伎倆。

不過，讓炎漢受益最多的是《特務情報教戰手冊》，炎漢學習到如何使用及管理資訊，也就是善用收集、監聽情報，解讀情報，散播、宣傳假情報等資訊戰相關技巧，比對手占得更好的優勢。最重要的是對政府有利的訊息需要加強散播宣傳，而對政府不利的訊息需要帶風向去誤導大眾。

特務能力養成後，炎漢常常掛著撲克牌臉，少言寡語，與人疏離。當他無聊時，就打開電腦的檔案夾，觀看別人在摩鐵偷情的性愛影音，甚至駭入摩鐵針孔系統，即時偷窺。

當炎漢正「性致」勃勃偷看現場直播，突然接到國安局長來電，問：「工作進展如何？」

炎漢不疾不徐地將螢幕關掉，若無其事地說：「還在收集資料。」——炎漢的確是在收集「性愛資料」。

電話中傳來局長暴怒的吼叫聲：「專案成立兩年，毫無進展，這不像你過去的作風，你下面的人是不是有問題？需要施壓的時候就動手！上面已經多次關切進度了！」

「再給我一段時間吧。」

局長二話不說就將電話掛斷。

炎漢記得上次跟局長見面，局長對他的表現諸多贊許，說他工作表現良好，有機會提拔他到行政院工作。

如今炎漢感覺到事態嚴重，如果專案繼續進展不順，他入閣的夢想必將破滅。他猜想最近金水工作進展緩慢，一定跟夫妻關係有關，他應該多了解金水與若芍的生活。

他到花店買了一盆經過脫水、烘乾、染色的芍藥乾花，俗稱永鮮花，拿回辦公室後，將插在保麗龍的芍藥拔出來，在保麗龍的中間挖了一個洞，然後置入一個無線網路Wi-Fi偷聽器，將芍藥插回原位，一盆色澤、形狀、手感與鮮花無異的芍藥便擺在眼前。它不單止顏色更為豐富，而且還隱藏著行家所說的「蟲」——監聽錄音機。

17

金水在研究室工作了一天，回到工研院宿舍，看到門口有盒包裝精美的芍藥永鮮花，附上的卡片寫著「恭賀喬遷之喜　炎漢敬賀」，金水便順手將花帶進屋裡。

此時若芍人在臥室，已經將從臺北帶回來的衣物放置在衣櫥內，她坐在床邊，兩眼無神地凝視著床頭牆壁上與金水的結婚照片。

金水進房看到若芍，心中一陣感動，順著若芍的目光，看到他們的新婚照，不禁感性地說：「我們都變了，妳回來就好，我們可以重新開始生活了。」

若芍低頭不語，心想金水這句話自己該如何接下去。

金水將保鮮花交給若芍，興匆匆地說：「這是我上司送的，我有了新工作、新宿舍，又有了新人，改天再去買一對新婚戒指，戴在我們手上吧！」

金水就是這樣，過度熱情，在不適當的場合說出不適當的話，他完全沒有覺察到若芍現在的心情。

若芍心想，兩個人在一起應該是有溝通、有愛、有生活。當年是因為她不成熟，在現實與理想的兩股力量拉扯之下，選擇了金水。眼前的金水是她想共度餘生的人嗎？她還有別的選擇嗎？

她心中安慰自己：「也許金水是上輩子傷害過她的男人，這輩子回來報恩的吧！」

若芍到書房，金水已經體貼地將她過往使用的文物布置好，一本書都沒被丟棄，像以前一樣，分門別類滿滿地放置在書架上。在書桌上，還為她買了最新版的蘋果電腦。

若芍將手上的芍藥永鮮花放置在電腦桌旁，獨自沉思。金水對她呵護備至，細心體貼，可是她總是覺得缺少些什麼，不能讓她心動。現在，她身上帶著天生的定時炸彈，隨時都可能爆炸。一生走過來，她真的需要好好思考究竟「我是誰」，當下應該怎樣活下去？

若芍凝視著盛開的芍藥永鮮花，果然是「花團錦簇、鮮豔欲滴、雍容華貴」，而她，像被充氣過多的娃娃，臉上掛著膩肉，腰身堆積脂肪，月亮臉、水牛肩，不知道自己的身材何時從婀娜多姿的青春美少女變成了臃腫的大媽？

她對著鏡子，真不喜歡眼前的「她」！她必須再造自己、重現自己。

若芍呆坐在書桌前沉思，當下的「她」，身心俱疲，她很想用自己曾經非常洗練的文字，開始寫作，出版著作，分享生命的無奈。

可是當今社會資訊氾濫，沒有人看書，如果她出書，四週不叫座，就可能被下架；如果寫文章登在週刊雜誌上，一週就被新刊覆蓋；如果登上報紙副刊，天天翻新，只有一天的壽命……。

倒不如上網po文，還有機會被秒殺瘋傳，而且隨時可以更新、刷存在感，雖然很快會被洗板，可是發布記錄隨時可以被追蹤，與同溫層分享。

若芍頓然開悟，打開電腦，下載臉書，以「芍藥」的名字註冊了一個帳號，從此進入了「internet」互聯網「*i*」的世界。

18

金水前幾天聽完個管師解釋創作生命故事分為六個時期，便掛念在心。這一天，他進入研究室打開電腦，調出「大佬爺」王大福的劇情大綱，打開檔案閱讀。

金水看完後，感慨於人的命運怎麼會如此多磨，東北有日人割據、俄人割據、軍閥割據，還有「闖關東」；臺灣有葡人割據、荷人割據、日人割據，還有「渡黑水溝」。

不知道現正躺在長照區床上的王大福，腦袋裡在想什麼？

※〈王大福生命故事．劇情大綱〉

主角王大福，生於民國八年（一九一九年），東北人，原籍山東，四兄弟姐妹中的長子。

清朝期間，老百姓因為各行省生活不易，有人「闖關東」、有人「走西口」、有人「下南洋」，自發性的人口大遷移。

主角的父親就單槍匹馬，隨著山東大隊，離鄉背井，到關東另謀生路。雖然東北土地肥沃，資源豐富，卻土匪橫行，父親躲到長白山區，開荒拓土，開墾耕種，落地生根、結婚生子。

主角出身貧苦，幼年曾讀書識字，在父母全然可以信任的照顧之下，過著純真、有安全感的生活，不過心中卻藏著陰影，擔心被遺棄。

十歲那年，主角父親聽聞種植人參可以致富，便出清家當，全數投入購買人參幼苗，卻因資金短缺不足以購買必備的帆布。在人參可以收成的前兩週，暴風雪來襲，人參尚未成熟，此時收割必出售不易，痛恨缺少帆布覆蓋人參以保溫躲天災。

風雪過後，人參全數凍死，血本無歸，家計無望，父親自殺身亡，母親因而得了精神病症，時好時壞。主角子代父職，挑水舀糞，種植雜糧蔬菜為生。

次年，主角在長白山上撿到一個短波收音機，裝上電池，聲音播放出「這裡是中央廣播電台，向全國人民廣播……」。

主角於二十六歲那年聽廣播說國軍在徵兵，可以領軍餉，他擔當起長子的責任，自我犧牲，向母親弟妹告別，參加了國共內戰，立志要讓家人過更好的日子！

後來隨著國軍浪跡天涯，且戰且退。主角一路聽著「中央廣播電台」中激勵軍民的宣傳口號，「安內攘外」、「反共抗俄」、「十萬青年十萬軍」，隨部隊經過了無數省分，並渡過黑水溝，撤退到臺灣。

大隊在基隆上岸，要求官兵到營區報到，繼續備戰，共赴國難。主角看到鄰近有他熟悉的山區，就往山中逃跑。遇到山徑古道岔路，主角選擇往西奔跑，到達萬里山區，已經筋疲力盡，看到一個坑洞，就倒頭大睡。

一覺醒來，眼前站著一位大叔，攙雜著日語和臺語向他問話。由於當地於日治後期，村中男丁多被送至前線征戰而死，少數在山區的少年後來也多被米機炸死；因此，這位大叔看到主角雖一臉茫然，卻身形粗獷，喜獲壯丁，便將迷迷糊糊的主角帶回家，並將雙十年華的女兒下嫁給他。從此，主角的口音，從山東鄉音的國語改為山東鄉音的臺語，飯桌上的饅頭包子改為清粥醬菜，並以礦工為生，像鬥士般開山鑿洞，開採煤礦，在隨時坍塌的煤坑中拚命地活了下來。

短波收音機的滲透力甚強，在煤坑內仍然可以聽到「保密防諜」、「反攻復國」、「古寧頭大捷」等口號。而煤場如戰場，當警報高鳴，家家戶戶就手拿工具，從崩塌後的煤坑洞口往內挖，不是救人，就是拖屍。

主角從廣播的各類「政治宣傳口號」的吶喊聲中存活至今，實屬不易。晚年尚幸有一兒一女孝順供養，年前太太過世，獨居在家，準備安享天年。

＊＊＊

過了一週，金水回到雲端樂園，王大福已經不在三樓，他問樂園主管：「大佬爺到哪裡去了？」

「被搬到四樓的安寧區病房，可能只剩下兩週的壽命。」

「大佬爺晚上沒有家人陪伴嗎？」

「根據我的經驗，可以再等幾天，到時候我會通知大佬爺的小孩過來。不過，大佬爺晚上噩夢連連，我會通知個管師過來觀察。」

當天晚上，陳家豪帶著他慣用的枕頭，躺在安寧病房中相對他的身高有點短的沙發上，而且沙發凹凸不平的弧度讓他睡得很不舒服。安寧病房異常安靜，他清楚地聽到大佬爺不均勻的呼吸聲音，第一次感受到距離死亡是如此接近。

他輾轉反側，想著大佬爺在瀕臨死亡的時刻還會做什麼夢？他轉身背向大佬爺，希望在大佬爺重重的呼吸聲中，可以入睡片刻。

不知多久，朦朦朧朧中，家豪聽到大佬爺突然大喊：「對不起！對不起！」

他匆忙起身，看著大佬爺，但他雙眼緊閉，顯然仍在夢中。

家豪依稀記得心理學課本的話：「夢是可以解釋的，而且有跡可循，尤其在臨終，夢就是用潛意識嘗試去解決生命中所帶來的衝突，最後和解。」

於是他乾脆從沙發起身，輕輕坐在床邊的椅子上，試著問大佬爺：「你怎麼了？」

大佬爺似醒非醒、似睡非睡地喃喃自語：「媽媽、弟妹們哭哭啼啼的叫俺不要走，俺心裡想，絕不要跟著大家一起餓死在山上，所以才自私地想離開他們找活路。」

大佬爺在夢中好像變成了另一個人！陳家豪帶著好奇繼續問：「你看到什麼？」

大佬爺閉著眼睛，臉上表情有些緊張，好像匆匆忙忙地趕著要做什麼似的。他回答：「外面雪下得很大，俺要去找東西。俺看到一道門，像是儲藏室的門。」

陳家豪發現大佬爺好像被催眠一般可以在夢中對話，也可以被引導進入他夢裡的情境，而且臉上的表情還會隨著夢境的情節而變化。於是，陳家豪打算隨著大佬爺夢中看到的景象，引導大佬爺，進入他的內心世界：「你推門進去看看，看到什麼？」

大佬爺臉上顯得驚喜：「俺看到了一堆帆布。」

「帆布可以做什麼？」

「俺將它們搬到人參田，趁著暴風雪到來前，用帆布蓋住人參作防寒，以免凍死。」

「後來發生了什麼事？」

「俺幫助父母躲過了暴風雪之災，人參豐收，賣了好價錢，與父母弟妹過著好日子。」

突然間，大佬爺臉上露出恐懼的表情。

家豪繼續問：「你看到什麼？」

「土匪闖進家來，爸爸死抱著錢不放，被活活打死，錢也被搶空。」

「媽媽呢？」

「媽媽受到刺激，瘋了！」

「那你呢？」

「俺參軍去了！」

大佬爺在夢中似乎是在自圓其說，儘管他找到帆布覆蓋人參，躲過了風雪之災，最終卻躲不掉家破人亡的命運。

大佬爺將多年心中的壓抑在夢中說出來，他是命中注定離家參軍，並不是大難臨頭各分飛，因為自私而拋棄家人，漂泊到臺灣。

大佬爺多年隱藏在心中的內疚，在半醒半睡的夢境中，與家人和解。

家豪發現與大佬爺在半睡半醒的狀態下對話，好像心理治療師一樣，當病人困擾不解地問「怎麼辦」，專業的治療師不需要回答，只要用簡單的語言引導他，讓他進入自己內心的潛意識世界，病人自己就會找到最好的答案。

他馬上在筆記本上記下，「心理諮商守規與方法」。

家豪專心思考大佬爺的內心世界，但他也敏銳地注意到，大佬爺的身體微微顫抖，好像是肌肉痙攣的症狀。

＊　＊　＊

早上醒來，家豪看到大佬爺在昏睡，他覺得應該把大佬爺昨晚有些許痙攣的狀態告訴樂園主管。

他進入管理室，金水正好也在向樂園主管詢問大佬爺的狀態。

金水問家豪說：「你整晚沒睡啊？」

「習慣了，以前拍紀錄片蹲點是不分晝夜的。」

「下次我也跟你一起蹲點吧。」

家豪向樂園主管描述了大佬爺昨晚的狀況。主管說：「我馬上通知大佬爺的孩子過來陪他，應該是這幾天了。」

金水好奇地問：「大佬爺的孩子能做什麼？」

「大佬爺目前的症狀稱為『臨終躁動』。家人能夠做的只是用憐憫與慈悲的心情，幫大佬爺擦擦眉毛、潤溼嘴唇，有時候將身體翻轉，保持乾爽清潔，而且用輕聲細語真誠地說些讓他安心的話。」

主管繼續說：「我在培訓的時候，專家建議我們在這時刻可以引用一位心靈學教授的話：『死亡很安全，你很安全，你所愛的人也很安全。』讓大佬爺安心地離開。」

金水心想，原來臨終一刻是如此的神聖，家人給大佬爺一個安心、安靜的環境，讓他安住自己的心、安住自己的靈，毫無懸念、反璞歸真地離開人世。

19

若芍打開臉書，登入「芍藥」帳號，心中思考如何表達自己，讓臉友追蹤點讚。

她決定以「愛」為主題，這是男女老幼都想追求的，而且包含了「去愛」、「被愛」、「自愛」等子題。

她從網上下載了一張盛開燦爛的芍藥，上傳到臉書成為大頭貼，然後寫下：

糾纏不清的愛！
我的存在，就是您的障礙，
不是前生、不是後世，
啊，就是現在！

她po文之後，果然被瘋傳，交友邀請以秒俱進，快速增長。

從此，若芍有了「愛」，在互聯網的「*i*」，她享受「愛／*i*」在虛無縹緲的雲端。

＊＊＊

許多臉友留言給若芍，其中有一位臉友署名「何諾」的男士，要求她po個人大頭照。

若芍拿著手機自拍，拍了一張半身照，對著自己的照片瞄了一眼，簡直就是中年發福的貴婦，見不得人！

沒多久，她發現自拍的角度很重要。她將手機照相畫素調到最高，選擇自拍角度從上往下，而且是從側面拍，這樣就可以凸顯她長長的睫毛，大大的眼睛，明亮的眼珠，高高的鼻子，尖尖的下巴。

而且用雙手托著下巴，就可以擋住肥肥的雙下巴及脖子上堆疊的膩肉。不過，手部只能露出手肘以下的前臂，不能露出上臂及肩膀，因為肩膀寬度及上臂的粗細，絕對會顯出一個人的年齡。

這張照片雖然已經有點像樣了！若芍仍然不滿意，覺得還看不出當年自己的美豔奪目。

這個時候，臉書傳送過來何諾的私訊，建議她下載「修圖神器」。

若芍點開何諾臉書的首頁，畫面跳出何諾裸露上半身的正面照，健美的肌肉群，胸大肌、腹部六塊肌及手臂上的三角肌、三頭肌、二頭肌，鼓鼓隆起，一塊一塊堅硬如石頭，油亮油亮的，可以比美阿諾．史瓦辛格。

若芍陶醉在何諾的頁面，想起一帆胸肌的觸感，意亂情迷，又興起了愛慕之心，情不自禁地傳送訊息給何諾：「我可以叫你諾哥嗎？」

其實何諾一直在線上等待著若芍回應。

「寶貝，當然可以。」

若芍又回到被叫寶貝的日子，她在網路上被愛了。

「諾哥，教我修圖好嗎？」

何諾在臉書聊天室指示若芍將修圖功能全部打開，教導她如何修出美豔與性感。

若芍對臉友毫無心防，樂在其中，她以為雲端的虛擬友人不會在真實的世界中出現。

若芍看著修調好的照片，不只笑容美豔欲滴，而且細緻到連睫毛都根根分明地分布在眼睛上。

最後，她將整張照片微調為浪漫的粉白、粉紅混色，然後po上臉書，還按了一個「覺得很快樂」的情緒標籤。

果然，各式各樣的留言、貼圖，像雪片般飛來。

「妳一點都沒變，跟大學的時候一樣！」

「真是天生麗質！笑容簡直萬人迷～」

「杏臉桃腮、唇紅齒白，太美了！」

雖然網路上的話語，真情假意、虛實不分，不過，很受用！

若芍不單止重建了自己，還重建了她的情緒，開始在網路上享受去愛、被愛、自愛的歡悅。

臉書真是社交神器，若芍登入臉書帳號，交友邀請通知不斷。

社群網站的確是無遠弗屆，全球有上億的怨男曠女在等著你，等著你注意他的情緒、關心他的情緒、連結他的情緒、舒緩他的情緒，不管真情還是假意，彼此糾纏、混淆不清，而且樂此不疲。只要你不關機，「送暖不斷電」，跟誰有染都可以，「染缸不斷電」。

為了增加知名度，若芍以「愛要糾纏不清才浪漫」為主題建立粉絲專頁，po文果然深得臉友喜愛而被瘋傳，瞬間按讚及追蹤的臉友接近五萬！

若芍為了維持網紅地位，她對上百則的留言必回，對於上千次的讚，也都會點進臉友的頁面閱讀，了解點讚臉友的背景及動態。

若芍情緒激昂，忙得不亦樂乎！她在虛擬的世界裡找到了方向，找到了失去的自己，重新站上舞台，像被聚光燈投射、被注意、被關懷、被愛。

生命也許可以重新來過！不過她身上懷著的未爆彈，也隨著她的情緒起伏，滴滴答答地在響。

她知道自己抵擋不住命運的捉弄，如果她不是跟名叫「金水」的男人結婚，必定會出現一名叫「火土」的男人跟她結婚，華麗高貴的芍藥仍然會被插在貧瘠的黃土上！

若芍心想，也許自己該像曾讀過的尼采所說：為了安住自己，人們不僅當歡迎混亂，超越自己，掌握重新啟動生命的權力。接受過往不能改變，接受現在不可控制，也接受將來無從預料。

她試著去接受自己一生的混亂，也接受眼前活在「虛擬與實境」的混亂。

20

這天早上，金水來到辦公室，隨著這陣子進一步了解兩位老人的生命狀態，他不免好奇，AI／VR系統的感應器為何能夠量化有機體的生命指數？他打開操作手冊，翻頁到「身心靈緣指數」功能圖說明：

「身適能」——訊號來自「手指尖套」，「腳指尖套」與「電子皮膚」，是檢測心跳、血壓、血氧，可以充分體現老人家的身體健康狀況。

「心適能」——訊號來自「臉部情緒感應器」與「電子皮膚」，檢測老人家的心情與情緒起伏，並比對內分泌指數平衡或失衡，如果過度反應，會導致死亡。

「靈適能」——訊號來自「腦部能量感應器」，檢測腦部多個區塊，含短期記憶及長期記憶等的變化而產生的能量，如果面對喜歡的人事物是正能量，反之是負能量。

「緣適能」——整合前述所有感應器的指數以綜合分析人與人、人與事、人與物、人與環境的緣分，身心靈快樂是好緣，反之是壞緣。

金水好奇地戴上辦公室的VR裝置，系統傳來他的指數為「3、1、2、1」，當他正在思考這些指數如何相對應他的身心狀況時，電話鈴聲響起。

樂園主管從安寧病房來電說明：「王大福在兒女的陪伴下，剛剛在睡眠中安詳地離開了。」

金水打開電腦，追蹤王大福的身心靈緣指數記錄。

王大福在六個月前到雲端樂園報到，根據病歷分析以及VR的感應器首次檢測，他的身心靈緣指數為「4、3、3、3」。

王大福入住長照區期間，身體健康慢慢衰退，指數上下波動，數天前的指數為「1、1、3、2」。

當主管來電告知王大福停止呼吸心跳的那一刻，指數為「0、0、4、4」，看來他身、心停止了，但靈、緣卻合而為一。

金水正想關上電腦，卻發現王大福的身、心指數慢慢有了改變，靈、緣指數也在浮動，最後停在「4、3、3、3」，又返回首次檢測的指數。

他非常困惑，為什麼原始指數經歷過起伏後又會重現？

金水想起，林碧英最近夢中常出現彩虹旗，他打開林碧英的即時身心靈緣指數觀看，發現指數從原始的「3、3、4、1」下降為「1、2、4、2」，而且正加速變化，到「1、1、3、4」，再到「0、0、4、4」，猜想林碧英可能只剩最後一口氣。他馬上到雲端樂園找個管師，對他說：「我在電腦上看到林碧英的指數在變化，我們趕快過去看看，有些問題想請教你。」

當金水與家豪走到林碧英的床邊，正好看到她兩眼失神，凝視著上方，似醒非醒，呢喃地說：「彩虹旗……我可以跟她走上紅毯了……。」

林碧英說完這句話後，就筋疲力盡地睡著了，臉色從蒼白轉為紅潤，而且露出燦爛的笑容。

家豪回顧林碧英的生命故事，若有所悟地說：「林碧英多次參加新女性主義運動遊行，她最終的夢想是，與她的同性伴侶結婚……。」

金水也想起王大福臨終時的指數，說：「林碧英的生命看來有了一個圓滿的結局，指數應該會返回『3、3、4、1』，而離開人間。」

金水問家豪：「依你的觀察，指數為什麼會原點重現？」

「目前還不曉得……身心靈緣指數的變化高深莫測，必定有它的含義。我回去整理筆記，也整理一下思緒。」

陳家豪不想多說，畢竟他與金水共同經歷了兩個生命的結束，並不是編寫完成了兩篇生命故事。

21

這段日子以來，金水從電腦追蹤林碧英與王大福的生命歷程，相當不解：老人家所檢測的身心靈緣指數，在住院期間會隨著身心狀態上下波動，但為何死亡的那一刻都成為「0，0，4，4」，身心歸零、靈緣合一？

根據操作手冊的解說，「身適能」指數為0，表示心臟停止，這可以了解；「心適能」指數為0，表示內分泌停止，情緒平靜，心如止水。至於「靈適能」與「緣適能」指數皆為4，是不是表示，臨終那一刻，他們都充滿著正能量，緣滿無缺，離苦得樂而善終？

而且，更令人在意的是，在離開人世的數小時內，指數竟會原點重現！

金水參考個管師編寫的生命故事，綜觀他們兩人九十年的歲月，無論出身於富貴或是貧賤的家庭，在歷史的大環境中，有人機緣巧合地遇上對生命有幫助的人、事、物，有人卻不幸地錯失良機，道盡現實生活中的喜、怒、哀、樂。

生命中每個階段的成長，人與人個性的糾葛，有意無意地彼此交錯拉扯，造成的悲、歡、離、合，讓人刻骨銘心。

在生命瀕臨死亡之際，情緒更是起伏跌宕，儘管人生有幸也有不幸、有緣或是沒緣，總是盼望臨終的一刻，福分可以重現，遺憾可以彌補，身心靈可以趨於平靜、返回初心，圓滿地離開人世。

「靈緣合一」顯示著每個人生最終應該接受生命的完美或不完美，無怨無悔，反樸歸真地離開人世。正如王大福，天生的指數為「4、3、3、3」，臨終一刻成為「0、0、4、4」，最後返回原形指數「4、3、3、3」後，才吐出最後一口氣離開。

金水心想，身心靈緣指數好神奇啊！資訊庫內儲存著他們這段期間的即時變化，如果分析這些資料，再比對他們的生命歷程，說不定可以看出一些端倪。

他打開電腦，將指數以不同成長階段製作成圖表，再交錯比對與生命故事所記錄的人、事、物，查證是否可以連結。

金水果然是工程師思考，任何系統設計都是從資料分析開始。不過金水發現數據不多，資訊不足，他覺得應該與個管師討論。

金水到雲端樂園一樓，走進個管師的辦公室，見到家豪正在整理資料，他緩緩抬頭對金水說：「王兄，你來了。」他與金水共同見證了生死，相處起來親切多了。

家豪似乎想找人抱怨：「剛剛炎漢怪我進度太慢，但我已經盡力了。參與專案後，我訪談了二十位老人，都是根據他們的餘命急迫性安排的。像林碧英與王大福，我剛寫完他們的生命故事，就過世了。」

「陳兄，你是如何估算餘命？」

「是根據樂園主管多年的經驗，建議優先順序。我都是趁著老人家神智清醒的時候，不分晝夜三樓、四樓上下跑去訪談，然後將記錄下來的細節找時間寫成故事。目前才完成一半，還有二十位老人在三樓與四樓等著我訪談及結案，我估計最快也還要兩年才能全部完成。」

「我也需要時間整理資料，才能輸入電腦。」金水也有同感。

金水心中略微不安，畢竟他是第一次接觸人工智慧型超級電腦「黑金剛」！炎漢一再強調他的工作是要對ＡＩ下指令，他應該盡快學習。

＊　＊　＊

在個管師整理資料的期間，金水努力學習人工智慧開發的程式語言（Python），尤其是針對大量身心靈緣指數的「資料工程」（Data Engineering）演算法。「人與機互動」（Man Machine Interface）的程式是以「自然語言」編寫（Natural Language Processing），金水根據銀光計畫的ＡＩ功能需求，建立了大量的符號與它們的關係。

經過幾年的學習後，金水迫不及待地登入電腦試著操作。電腦螢幕跳出：「您好！我是『銀光狗』，主人有什麼吩咐？」

金水以自然語言輸入：「告訴我目前的系統使用狀態？」

螢幕顯示：「容量已使用五％、可使用九五％。」看來系統使用時間不長。

金水輸入：「已使用的五％容量是從何而來？」

銀光狗停頓了一下，它的停頓表示在運算。

金水心想，盯著電腦螢幕看跑馬燈一般的文字，眼睛實在太累，他指示銀光狗將麥克風打開，以聲音與它對話。

銀光狗以機器人的聲音回答：「五％的容量大多是四十位老人的生命故事，與他們幾年以來身心靈緣指數的即時變化。」

銀光狗繼續說：「附加的『生理與病理』資料是從健保局拷貝過來的，還有『實境影音』與『虛擬影音』資料庫。」

金水下了指令：「先分析所有資料。」

正當金水專注地測試銀光狗的自然語言能力，不知不覺中，炎漢悄然站立在他的身後，客氣地出聲發問：「最近都好吧？你還在加班啊！工作有進展嗎？」

炎漢聲音聽來體貼入微，可是當金水轉頭看到炎漢的臉，發現他臉上肌肉緊繃，皮笑肉不笑，感覺一點都不友善，應該是受到很大的壓力才來找他。

金水被炎漢的表情嚇到，緊張地問：「你看來心情很沉重！」

「剛剛才從局長室過來，他說上面命令下來了，你已經做了三年，命令你近期就得把遊戲的設計藍圖交出來。軍令如山，我只能使命必達。去跟家豪談談吧。」

炎漢說完，一語不發，回了金水一個很奇怪的眼神，就大步踏出電腦室離去。

金水惶惶不安。

22

金水帶著恐慌的心情持續加班，直到深夜才返回工研院宿舍，這份工作帶給他偌大的壓力。回到家，他發現若芍仍然坐在電腦前專注地瀏覽臉書，而且不停地按讚。

金水問：「妳怎麼內文都不看就按讚？」

「我已經沒有力氣去看那些長篇大論的po文了，我先瞄一下放的照片，大概就知道人家要po什麼內容，再看一下臉友們都是同溫層，就按讚了。」

若芍這幾年在臉書上折騰，心力交瘁，身體狀況退化得很厲害，專注力不比以前。她對金水解釋：「臉書上的潛規則是我幫別人按讚，別人也會幫我按讚。而且臉書的演算法會將妳按讚相關的po文全數傳送給你，按得越多，也會收得越多。彼此按讚，彼此送暖。」

「妳真忙，不眠不休地回應。妳忙吧，我先洗澡上床睡覺。」

金水在床上閉目凝神，炎漢白天「皮笑肉不笑」的表情卻出現在眼前。半夜，金水夢見炎漢設局陷害他，他驚醒了，再也睡不著。卻聽到若芍仍然在書房按鍵盤的聲音。

金水走到書房對若芍說：「還在忙！你面紅耳赤，情緒如此激動，一定很消耗體力，而且熬夜更是傷元氣。」

「你怎麼又爬起來了？」若芍慌慌張張地將諾哥的聊天室關閉。

「作了噩夢，睡不著，想找你談談。」金水工作受壓，妄想炎漢會殺害他。「最近開始感覺這個專案怪怪的，我很不安，尤其上司對我愈來愈不友善，臉上殺氣凝重。」

若芍心虛地想轉移話題，打開另一頁面說：「你看我在臉書搜索，找到了誰？」

金水看著螢幕上的照片，「那不是何采雲嗎？應該快六十歲了吧，身材是苗條，但穿得挺暴露的。」

金水想起了李一帆與何采雲在竹科的日子，問若芍：「我記得李一帆與何采雲離開竹科搬到臺北，兩人就離婚了，采雲現在在哪裡？」

若芍不想多談一帆，只回答：「采雲到了臺北的外商公司上班，就愛上了外派來臺灣的美國主管，結婚後移民到美國矽谷工作，每三、五年就再婚。她在臉書上寫說現代銀髮族都想『一路玩到掛』，她說她只想『一路做到掛』。」采雲指的是做愛。

若芍繼續說：「剛剛跟采雲在網上聊天，她提起了呂中茂與楊芙薇。」

金水一聽到楊芙薇的名字，心跳加速，臉上發熱。芙薇柔情似水、溫柔體貼，直到今天，仍然會在他的夢中出現。

「聽說他們還在竹科？」

「對啊，采雲還告訴我一個祕密，你知道他們經歷過什麼事嗎？」

「芙薇如此完美，中茂不會是有外遇吧？」

「說來相當曲折，她懷疑自己不自覺設局殺了人，自責到憂鬱症纏身。」

金水低頭沉思，心想活到現在，才了解每個人處理情緒衝突的方式都因個性而異，而個性影響到命運。采雲是明的來、敢愛敢恨，芙薇卻是暗的來、棉裡藏針，卻針針見血。

金水陪在若芍身邊，看她流連忘返於眾多人的訊息中。過一會後，他打起了呵欠，但若芍仍然滿臉通紅，兩眼緊盯著螢幕不放，只好對她說：「還是早點休息吧。」說完就返回臥室睡覺。若芍又重新打開了諾哥的聊天室。

清晨，金水又被噩夢驚醒，他見若芍不在床邊，趕緊跑到書房，看到若芍趴睡在桌上，想搖醒若芍叫她進房睡覺，沒想到若芍身體僵硬，已經昏迷多時，不省人事。

金水馬上呼叫救護車，送若芍到急診室，經過醫師搶救，才恢復清醒。醫師跟金水解釋，若芍因為夜裡過度激動，血脈賁張，加上心肌橋加壓主動脈造成部分腦神經受損，有輕微中風跡象，影響行動。

醫師對金水說：「在醫院觀察幾天就可以出院，出院後你需要好好照顧她，每天都應該帶她出去散步，加強復健。」

23

那天，炎漢對金水施壓之前，曾把家豪叫到辦公室來，對他說：「都三年了，遊戲怎麼毫無進展？我丟了官對你沒有好處。」

「是、是。」家豪回得唯唯諾諾。他雖然是炎漢的自己人，但仍謹言慎行，因為他了解炎漢的特務本性。

「問題在哪裡？」

「剛剛完成四十篇的生命故事與大綱，文字需要修改才能開始設計。」

「主動一點，去找金水談談！」

＊　＊　＊

金水照顧若芍幾天後，基於炎漢給他的壓力，不得不硬著頭皮返回工研院電腦室上工。他登入電腦，把銀光狗叫出來詢問：「資料分析如何？」

銀光狗反問：「資料要做什麼？」

金水才想起他沒有輸入工作目的，說：「應用AI／VR技術，設計一套電玩給老人家講述生命故事。」

「我分析了這些資料，故事很好，不過形容詞多、動詞少，而且對物件描述不清楚。」銀光狗所說的「物件」就是故事中所出現的人、事、物。

「如何才算清楚？」金水感覺到銀光狗的能力強大，可以對答如流。

「VR遊戲必須要有臨場體驗，所處的環境如果能仔細描述距離、光線、氣流，才能製造虛擬的三度空間，實境重現。」

金水了解電腦沒有輸入便沒有輸出，看來，要將個管師寫的文字故事輸入電腦開發成為遊戲，這條路途還遠得很呢！

金水愈想愈擔心，一想起炎漢那副凶神惡煞的臉，就坐立不安。

這時候家豪走進電腦室，看到金水一臉惘然若失的表情，安慰他說：「開發一個系統哪裡會那麼簡單呢，何況是首創。」

其實家豪對「首創」意有所指，他指的是他記錄在筆記本上的兩個步驟：「編寫生命故事結構與步驟」和「心理諮商守規與方法」——他藏私，想一個人申請開發VR電玩專利。

不過家豪知道要設計出電玩，還有很多細節需要金水幫忙，於是接著問：「你是工程師，下一步該做什麼？」

「修改形容詞，增加動詞。人工智慧電腦把所有輸入稱為物件，需要以自然語言建立關鍵字及可執行性的指令。」

「四十篇生命故事的逐字稿修改、編寫成程式，需要花費一番工夫，難怪炎漢說我們是工作夥伴……這樣吧，由我調整形容詞及動詞，你來提供關鍵字及指令。」

「怎樣對炎漢交代？」金水點出擔憂。

「交給我來處理吧。」

＊　＊　＊

這天，金水與家豪在電腦室共同將文字語言翻譯成電腦語言，輸入電腦後，將銀光狗叫出來，對它說：「你打開資料庫，分析資料。」

「你等等。」銀光狗說。螢幕顯示為「…………」。

「超級電腦怎麼那麼慢？」家豪一臉不耐煩。

「資料庫容量增加了三倍啊。」金水解釋。

家豪不知道速度跟容量有什麼關係，不想多問。

二十分鐘後，銀光狗說：「資料片片斷斷，Need Flow。」

家豪更是不懂，問金水：「什麼意思？」

「輸入資料給電腦後，需要程序『Need Flow』，就是時序與步驟。我們的專業稱這為『程式設計』。」

家豪低頭看著他的筆記本上的兩個程序，想了一下說：「我回去想想。」

家豪離開電腦室後，若有所思地走到炎漢辦公室，炎漢正專注地看著電腦螢幕，露出色迷迷的眼神，看到個管師走進來，馬上關閉螢幕，變了一個臉說：「怎麼沒敲門？專案進度如何？」

「不好意思，我急著向你報告。資料充分，還缺少兩個步驟。」

「金水知道是什麼嗎？」

「不知道。」

「不知道他怎麼做下去？」

「我知道。你不是吩咐我看著他嗎？關鍵時刻要向你報告。」

家豪整理一下自己的思緒，有條不紊地說：「我手上有這兩個步驟，『編寫生命故事結構與步驟』和『心理諮商守規與方法』，我覺得這是設計電玩的專利，將來必定有好處，我想獨享。」家豪自從電影夢碎後，得到這份穩定的工作但收入不高——現在，他在做「發財夢」。

「哈哈哈哈，」炎漢一陣捧腹大笑，對家豪說：「政府投資銀光計畫是為了解救財政危機，不管老人家死活，這個電玩是得不到專利的。」

炎漢從椅子立起，拍拍家豪的肩膀安撫他，「你想太多了，這次就先好好跟金水合作吧。等我入閣後，自然會照顧你。」

家豪的發財夢碎！不過他也聽到了炎漢的真心話，為了達成目的，是「不管老人家死活」的。但他仍有希望：只要自己「政治正確」，有機會跟著炎漢入閣。

24

之後，家豪回到電腦室與金水一起工作，他手拿著筆記本，金水的手放在電腦鍵盤上，家豪一行一行地將他先前藏私的兩個步驟與方法念給金水聽，金水依生命故事進行的時序編寫為程式，輸入電腦，金水有不理解的地方，兩人便停下來深入探討。程式修修補補，的確是曠日持久。

這天，像往常一樣，他們在午休的時候閒聊起來。

「陳兄，你為什麼沒有住工研院宿舍？」

「已經共事多年了，叫我家豪吧。因為我是約聘的。」

「週末很少看到你到辦公室。」

「我在工研院附近租了一個套房，週末回基隆跟父母住。」

「有家室嗎？」

「自己都養不起，哪敢結婚？孤家寡人，沒房沒車，還要供養父母。你比我幸福多了。」

金水長長地嘆了一口氣說：「唉！我跟你差不多，住宿舍，我跟太太……」金水停頓一下，改口說：「她需要很多照顧……我工作壓力又大，每次進入炎漢辦公室就戰戰兢兢。」工程師的特質是可以抗壓的，不過，金水生活中的壓力實在太大了。

家豪感覺到金水欲言又止，看來家庭有難言之隱，不便多問，趕緊說：「基隆雨水真多，還好平日可以到新竹來。要不然一週不見天日，可真會得憂鬱症。」

＊　＊　＊

終於，經過兩人密切合作，金水與家豪共同完成了程式，金水把銀光狗叫出來，對它下指令：「資料與流程都輸入完成了，你試著製作影片。」

銀光狗問：「四十位老人，選擇哪一位？」

金水與家豪商量，他建議選王大福。

螢幕又開始顯示「…………」，銀光狗在製片中。

銀光狗將王大福檔案內二、三百頁的生命故事與簡化版的劇情大綱，做深度學習，將大佬爺的成長歷程依幼兒、少年、青年、中年、老年、臨終六個階段，結合當時地景的畫面，與其他人物在各種的情境之下，製造影片，每一階段一分鐘，共六分鐘。

十分鐘後，銀光狗說：「完成了。在這資訊氾濫的年代，人類看短片的耐性只有六分鐘。」

金水與家豪打開了王大福的檔案夾開始播放。

鏡頭從高空往下照著中國東北長白山，遠處隱隱約約看得到天池。鏡頭往下拉近到山谷中的一個窮鄉僻壤、貧瘠的山坡地上，土磚土房內一對中年夫婦抱著剛出生的嬰兒，用山東土話說：「就叫王大福吧！」

這時旁白開始：「王大福，生於民國八年，東北人，四兄弟姐妹中的長子。出身貧苦，幼年曾讀書識字……十歲那年，父親聽聞種植人參可以致富……」

銀光狗深度學習的功力果然神奇！它參考身心靈緣指數，解讀文字所描述的情緒，穿越時空，將王大福成長中的六個階段，和資料庫中存儲的影片、照片空間相對應，找出基隆港、基隆山、萬里山區、二坑礦場等作為場景，以王大福為主角，親友們為配角，用鏡頭說故事，編輯了王大福的生命歷程。

影片有成長中的人物、有當時的歷史背景、有當年的場景，栩栩如生地記錄著王大福平凡的一生。

金水問銀光狗：「有些影像，資料庫沒有，如何得來？」

「當王大福在昏睡或做夢的時候，有很多影像如碎片一般的在他視覺中飛舞，這些碎片，就是王大福的記憶。我透過ＶＲ感應器，將這些碎片與腦袋裡的記憶重現，成為虛擬實境的影像。」

家豪說：「你拍得很像紀錄片。」

「是根據你的步驟與方法製造的。」

家豪心想，對啊，他過去的確是有許多拍紀錄片的經驗。

金水對銀光狗說：「我們是要製造ＶＲ電玩，帶動老人家講述生命故事，你應該去搜尋如何製造ＶＲ遊戲的必備三個『ｉ』，也就是基本電玩特徵。」

銀光狗得到了金水的關鍵字後，進入了深度學習，停頓片刻便回應：「ＶＲ三個特徵以英文字母『ｉ』開頭，分別為『immersion—interaction—imagination』，也就是『沉浸—互動—構思』。虛擬實境３Ｄ立體影片，配上聲光效果，可以讓遊戲玩家全神貫注地『沉浸』其中。」

金水追問：「那構思與互動呢？」

「玩家進入遊戲後就會『構思』，而從構思中會觸動神經迴路而產生動作與電玩『互動』。」

「你思考縝密，真是好幫手！玩家戴上ＶＲ鏡後，是以第一人稱的視覺進入體驗，後端需要一個像『編劇個管師』的角色即時製造ＶＲ影片，帶領玩家互動。」

「我可以製造另外一個分身，就稱它為『編導』吧。」

金水陷入沉思，原來一部ＡＩ超級電腦收集大量資料後，經過深度學習，先是產生「銀光狗」本尊，再以不同的數據做深度學習，就可以產生各式各樣的分身。

金水對銀光狗下指令：「你去分析王大福的紀錄片，以ＶＲ電玩的三個『ｉ』技巧做深度學習，培訓『編導』。完成後我們開始『試機』。」

金水所說的「試機」，是指程式開發完成後，第一次以玩家角度戴上ＶＲ裝置，由ＡＩ「編導」帶領之下，講述生命故事。

25

幾天後，金水來到雲端樂園的個管師辦公室，試著找「試機」的第一位玩家。

此時家豪正在思考，電玩開發團隊其實不是二個人，應該是三個「人」，他與金水——還有銀光狗。

家豪看見金水到來，便把心中的疑問拋出：「我們是炎漢聘請來的，那銀光狗是從哪裡來的？」他懷疑後端有誰在操控銀光狗。

「不知道，我來不是想談這個問題。是要問你，願不願意去『試機』？我是根據你的步驟寫出程式的，而你最清楚你想做什麼，所以，你可以『以身試機』嗎？」

「有風險嗎？」

「系統必定有蟲，最多當機，不會死人。」

「好吧，那我需要準備什麼？」

「你在電腦雲端存有相簿及履歷表，我帶你到二樓試機。」

金水陪著家豪到了電玩區，金水請他上傳個人資料給「編導」，然後幫助他戴上ＶＲ裝置，開機後就離開。

家豪看著VR鏡的螢幕，沒有畫面，沒有背景音樂，耳機裡只聽到「編導」以機器人的聲音說：「陳先生，歡迎來到雲端樂園，我……」

他立刻打斷編導：「一般電玩開機後會有畫面、背景音樂，你去參考別的遊戲是如何啟動的？」

「你輸入的資料中沒說明白。」

家豪心想，才一開機就碰到問題，不曉得需要「試機」多少次？

「去修改吧，把開機後的畫面做好一點才能吸引人。這次就先開始電玩吧。」

編導說：「看了你的資料，一九六〇年出生，射手座，感性與理性各半……身心靈緣指數出來了：2、2、3、2。」

「指數代表什麼？」

「玩下去才知道。資料說你出生於基隆太白莊，我剪些當年的影片給你看。」

家豪從VR鏡中看到基隆港的西岸有一座翠綠的小山崗，山崗瀕海一面是峭壁，沒有碼頭，不適合下船捕魚，另一面是山坡，沒有耕地，山坡上有幾十戶人家，住著鐵皮屋，看來謀生不易，其中一戶就是他家。

他回報：「畫面卡卡的，看起來真不舒服。應該可以加些海浪拍岸的聲音。我記得小時候海風習習、鳥叫蟲鳴。」

「你的身心指數都下降了，現在是1、1、3、2。你心中有什麼糾結？」

「景色雖美，但生活不好過，記憶中，兒時只有三個字可以形容，窮、窮、窮！」

「我放一張你國小的照片。看來愁眉苦臉的。」

「小時候每天得來回走六十分鐘到仙洞國小上課，基隆雨水多，路徑本來不好走，後來工程車又在附近挖土堆石，說是要建高速公路高架橋，山坡上平靜的生活被侵入了，怎麼不愁眉苦臉？」

「看來你小學生活真的是過得窮苦。我來整理你十二歲以後的影片。」

「不用了，你的鏡頭跳動太厲害，頭會暈。你的編導技術太差了，好好去學習。鏡頭一定要穩，鏡頭往上表示敬仰、希望，鏡頭往下表示失望，而且是以我的視角拍攝，如果左邊有人經過，是從左邊進入我的視角，然後往後方走過去，不是移動鏡頭去跟著人走動。還有，我的視角是立體的，你需要拍出3D的感覺，才能仿真，加上虛擬聲光，才能實境重現。」

家豪繼續說：「我們跳著拍吧，我閉目構思，你試著跟我互動。」

編導從VR裝置的感應器感測到家豪的情緒低落，且他腦海中出現了一個影像。

編導問：「你看，是不是這張照片？」

家豪從VR鏡中看到一棟大樓，二十五層、七十公尺高，類似夾娃娃機的龐然大物巍然聳立在西岸貨櫃碼頭，邊回憶邊說：「那天我從商專下課坐公車回家，經過碼頭，看到岸邊被種起整排像變形金剛的橋式起重機，前伸吊臂高達一百公尺，夾著貨櫃在移動，想像如果幾十噸鐵櫃壓在我家的鐵皮屋頂上……唉，窮苦人家真無奈，先是高架橋，再來是吊機，寧靜的家園還能住嗎？臺灣經濟起飛、錢淹腳目，我們社區被壓在最底層，毫無反抗能力。」

「你的情緒反應變強了！」

「那天我回到家，跟父母大吵一架，不想一輩子做會計過活，應該轉校到電影系，拍紀錄片為弱勢發聲、吶喊！」

這個時候，編導又放了一張照片，是協和發電廠三根二百公尺高的白色煙囪。

「我們家的山丘只有一百多公尺高，在社區中不用抬頭就可以看到高聳入雲、插在海邊的三炷香，有時候冒白煙、有時候冒黑煙，我就決定轉校拍片去了。」

「根據你的指數顯示，理性與感性各半，你從事藝術工作可能……」

家豪不悅地打斷編導：「我知道，感性不足，不應該當藝術家。當時年輕力壯，意氣風發，才不相信命運。」

家豪不耐煩地說：「你結結巴巴的，今天到此為止吧，你好好去學習做電玩的技巧，修改一版再來！」

個管師現在才知道，工程師的「試機」有多麼粗糙，還需要一版一版地修改、優化。

26

「編導」根據個管師的指導，程式修改了七版，終於試機完成。

金水在電腦室接到炎漢電話，他在另外一端咆哮：「光是試個機就花了一年，過來我辦公室！」

金水每次到炎漢辦公室解說開發出問題，都心驚膽戰，他邊走邊想，這次該如何向炎漢解釋。

金水進入炎漢辦公室，他不在位子上。金水走近炎漢的電腦桌前，不小心看到炎漢電腦頁面，滿滿的AV女優性愛連結，還有情侶在摩鐵偷情火熱做愛的畫面。

金水在螢幕上仔細觀看，發現炎漢正在下載這些色情片。

這個時候炎漢正從洗手間回來，看到金水尷尬的表情，知道事情不妙，如果金水告發他有偷窺狂，他的前途堪虞，入閣的夢想即將破滅。

炎漢先聲奪人，裝作若無其事，還氣勢凌人，高聲責罵：「你們已經花了五年，到底什麼時候才能完成？」

金水就是一位不靈光、沒心機的弱者，沒有攻擊能力。當他發現長官有偷窺狂，正是一個好機會可以當作把柄威脅他，或是投其所好表白自己也是同好，這兩者都可以改善他與長官的關係。

但金水不離軟弱的個性特質，一心只想著剛才在路上如何向長官解釋的邏輯，還振振有詞地說：「程式開發需要經過完整的生命週期，從需求分析、資料工程、系統分析、流程設計、編寫程式，到系統整合等步驟，我們剛剛才完成了『試機』。」

「工程師！你講的話我聽不懂！我問你完成時間，你光說些有的沒的。簡單說，下一步該做什麼？」

「壓力測試。」

「什麼叫壓力測試？」

「壓力測試是找身心有異常的人，才能測出系統在異常狀態之下會不會出問題。」

炎漢思考了一下，便說：「你太太有心肌橋，可請她來幫忙做心臟壓力測試。至於心理有問題的人選，我建議請你的朋友芙薇幫忙，她患有憂鬱症，可以做情緒壓力測試。」

金水不寒而慄，炎漢如此神通廣大，怎麼會知道他與若芍跟朋友的生活情況！

其實炎漢在過去的工作經驗中，為了升遷，只用自己人。對於一直在狀況外的金水，甚至若芍，他必定會防患未然。更何況金水是爛好人，不知輕重，而且說話沒分寸。

當年工作初期，炎漢以若芍的生日「450605」作為登入密碼，便是一種警示，但心思單純的金水完全沒有察覺。後來，炎漢以「永鮮花」偷聽，開始在臉書上以「諾哥」帳號接觸若芍，操弄她的情緒，就是為了知己知彼，以確保自己的利益，必要時不惜剷除異己。

為了增強若芍的情緒壓力，炎漢將下載了性愛影片的隨身碟交給金水說：「把這些資料上載到資料庫。」

「銀光狗為什麼需要學習性愛？」

「人工智慧怎麼可能沒有性關係？」

金水從炎漢的手中接過影片，他看著炎漢的手，厚厚實實，有「權」、有「力」，炎漢一定是心狠手辣的人，不服從他又能怎麼樣？自己終究逃不開炎漢的手掌心！

第四部

27

金水老老實實地打電話聯絡中茂，請他帶芙薇到雲端樂園談談，並提醒她帶上家中的相簿。

一週後，呂中茂帶著楊芙薇到金水辦公室，金水正在電腦上查看資料，抬頭看到呂中茂與楊芙薇走進辦公室，馬上站起來迎向他們，熱情地握住中茂的手說：「中茂兄，多年沒見！你發福了，一定是芙薇體貼的照顧所至。」

金水自從到工研院工作後，就沒再見過他們。中茂穿著光鮮，西裝領帶，很早就不需要為工作操勞。反看金水，瀕臨退休年齡，仍然為電腦系統測試奔波勞碌。

「芙薇罹患憂鬱症多年，自身難保，何來能力照顧我！」中茂難掩傷感地說。

金水心中懊悔，自己又是過度熱情，在不適當的場合講不適當的話。

金水看到站在中茂旁邊的芙薇，臉色蒼白，體型消瘦，臉上毫無表情，還掛著一雙不能聚焦的眼睛。芙薇一直是他的夢中情人，但眼前，芙薇已不成人形。

金水知道自己又講錯話，便改變話題問中茂：「聽說你們最近遷入離竹科不遠的百億豪宅？」

中茂在竹科叱咤風雲三十多年，事業有成，他離開了外商公司後，參股竹科新創產業，從「科技新貴」成為「電子老闆」。

中茂不疾不徐的說：「這些都不重要，那麼多年了，你我不都一樣地活過來了嗎？我一向對人生所面對的挫折都不會有太多意見，不會抱怨，只會面對，想辦法解決問題。我們是學科技的，不懂人文科學，也沒有宗教信仰，只相信電腦，尤其是ＡＩ時代。芙薇吃抗憂鬱症藥快二十年了，愈吃情緒愈低落。我帶芙薇來試試看你的ＡＩ／ＶＲ會不會有解方，讓她不需要依靠藥物過日子。」

金水想起當年在中茂家的四對夫妻之中，中茂的事業最為成功，而且還娶得美嬌娘，芙薇溫柔體貼，全職投入照顧家人。本來以為中茂與芙薇將會是最幸福的一對，沒想中茂到了晚年，卻為芙薇的病求助無門，還想尋找替代藥方，命運就是會捉弄人！

金水說：「嗯，我也希望能讓芙薇的狀況好轉。今天你將芙薇的基本資料以及照片留下，我們會替她建檔。明天請她到雲端樂園二樓來，戴上ＶＲ裝置，就可以開始打電玩。」

＊　＊　＊

第二天，中茂請司機把芙薇送到中心來，金水親自帶領芙薇到ＶＲ裝置的椅子上。芙薇自從罹患憂鬱症之後，可能是藥物的關係，她只活在自己的世界裡，不與別人溝通，甚至遇見多年未見的金水，也是木訥寡言。

金水指示芙薇坐上像美容院燙頭髮一般的沙發椅，幫她戴上頭盔並將ＶＲ顯示器拉下，戴上耳機、指尖套、腳尖套後，再將電子皮膚貼在芙薇的手臂上，然後和氣地對她說：「這片薄薄的ＯＫ繃妳不需要拿下來，防水的，不會影響到妳的起居生活。我現在就開機讓妳玩遊戲。」

芙薇問：「裝置這麼多，如何操作？」

「這些裝置只是監測妳的即時指數，可以輔助語障與聽障的人操作使用，妳直接與系統對話就可以了。」

「不需要登入嗎？」

「妳頭盔有內建的『臉部辨識系統』，會比對妳昨天帶來的照片，自動讓妳登入。ＶＲ系統會帶領妳玩遊戲，如果累了不想玩，妳可以自己說要離開。」金水說完，按了一下開機鍵後就走了。

第七版修改後的ＶＲ電玩系統頗為流暢，３Ｄ畫面，立體多聲道，芙薇立刻進入了雲端的虛擬世界。

這個時候，VR顯示器上打出一行字幕：「歡迎來到『雲端樂園』，人生如戲，我們來演戲吧！」

芙薇聽到耳機中傳來一個機器人的聲音：「芙薇，您好！我可以這樣稱呼您嗎？」

她對著掛在嘴角旁的麥克風說：「可以，你先自我介紹吧。」

「我是AI／VR系統，暱稱『編導』，負責引領妳玩遊戲。你的生日是幾月幾日？」

「七月一日。」

「好，是巨蟹星座的女性。」編導停頓了一下，「我剛才檢查妳穿戴式的裝置，一切都到位了，而且第一組身心靈緣指數已經傳送回來了，是『4、4、4、3』，等收到第二組數字，我會根據你的情緒反應來製造影片。」

「『4、4、4、3』……什麼意思？」

「代表妳出身好家庭，天生命好，不過……第二組數字回來了，『1、1、1、1』，啊，怎麼差這麼遠！等我一下……巨蟹星座的女性最懷舊，我們應該從幼年時期開始探索。」

「我很小的時候常常夢見父母意外死亡，從噩夢中驚醒，手心冒汗。」

「看來應該選妳一歲到五歲的照片，一張一張放給妳看。從妳身上穿戴的裝置，可以檢測到妳的情緒跟著照片起伏的即時指數，反應妳對照片產生的能量是正向或是負向。如果妳對任何一張照片情緒反應激動，我會將畫面停格在那一張，然後與妳互動。」

芙薇從耳機上聽到優美寧靜的音樂響起，眼睛看著VR鏡畫面，鏡頭從高空往下拉近，有懼高症的她，3D立體景物讓她感覺到暈眩。五十年代的碧潭吊橋歷歷在目，潭水清澈見底，吊橋倒影灑在粼粼的溪波光芒上，時以煙霧籠翠，若隱若現，真是可以說是山明水秀，宛如世外桃源。

鏡頭拉近到一艘小木舟，芙薇的爸爸在划船，天真無邪的芙薇坐在媽媽身上，被媽媽滿滿的愛與關懷環抱。爸爸壯碩的身軀，信心滿滿地將小木舟划到碧潭中央。小木舟隨著漣漪的潭水輕輕搖盪，空氣中充滿著甜蜜幸福家庭的氛圍。

突然間，湖面上吹起一陣狂風，將木舟吹向下游，爸爸努力地擺動木槳，逆水行舟，水花四濺。芙薇緊緊地握著媽媽的手，手心冒汗，擔心溪流可能將三人沖走。所幸經爸爸努力拚搏，終於安全地返回岸邊。

這個時候，編導在電腦上檢示芙薇的即時指數從「1、1、1、1」轉為「4、4、

2、3」。芙薇從影片上看到爸爸有堅強的肩膀，擔負著保護家小的安危，她克服了幼年可能失去父母的恐慌。

編導對芙薇說：「恭喜妳，過了『幼兒期』這一關，能夠天真無邪地相信當妳需要父母關愛的時候，他們都會在。」

編導繼續說：「妳的指數回升了。今天遊戲就玩到這裡，明天再來闖第二關，祝妳今晚一夜好眠。」

芙薇打電話叫中茂到中心來接她回家，中茂看到芙薇玩遊戲後的神情，雖然不是神采飛揚，卻眉頭舒朗，眼帶淺笑，中茂感覺到人工智慧威力過人，必定是療癒神器。

＊＊＊

當晚芙薇並沒有一夜好眠。她難得因興奮而輾轉反側。

芙薇躺在床上，想著自己前半生走來算是平順，但如今長期自責厭世的狀態，她能平順地度過嗎？她很想馬上返回雲端樂園，繼續玩遊戲，闖下一關。

遊戲中最讓芙薇滿足的是，她已經很多年沒對任何人訴說心中的感受，連在中茂面前她也無法開口。可是她卻可以向編導傾訴，因為編導不會批評她，更不會像別人一樣，自以為是的提供一些毫無意義的建議。

編導只是用心地傾聽，探索她內心真正的矛盾所在，然後從大數據中搜索資料並提供相關畫面，讓芙薇毫無保留地傾訴心中的痛。

芙薇躺在床上盼望著清晨早點到來。

28

連續幾天電玩打下來，芙薇也想過是否要停止，因為當ＶＲ鏡播放虛擬的實景時，她總覺得有些地方會暈眩，而且小腿也因久坐以致有些腫脹。

不過，身體上的變化阻擋不了芙薇心中的期盼——她想念「編導」，她上癮了。

＊　＊　＊

芙薇回到雲端樂園，坐上椅子，戴上頭盔，編導馬上對芙薇溫情地問候：「都安好吧！」

「我每次玩遊戲後，頭都會有點暈，可能是３Ｄ畫面看多了，你可不可以將鏡頭放慢一點，而且鏡頭不要搖得太厲害。」

「唔，我會調整……」它停頓了一下，立刻改口說，「我會盡量。」因為編導知道解決不了ＶＲ技術會有的副作用。

為了轉移話題，編導馬上接著說：「上次妳關機的時候系統顯示妳心神不寧。我們從妳刺繡粉蝶罌粟花的畫面開始吧。」

編導剛剛說完，芙薇就從VR鏡的螢幕上，看到她自己一個人坐在書房的沙發椅子上，背對著鏡頭，左手拿著繡框，右手拿著針線在繡框裡的綾羅錦緞上，用金絲銀線，一針上、一針下，密密地縫。

從畫面上看來，芙薇氣定神閒，從容不迫。不過背景卻播放著暗潮洶湧、讓人緊張的音樂，充分顯示芙薇的內心世界動盪不安，她並不知道這幅圖將會對命運帶來怎麼樣的衝擊！

編導在幕後感受到芙薇的動念，馬上剪接一段女兒班上四十位同學在上課的畫面，芙薇女兒的鄰座坐著一位皮膚蒼白的美中混血兒，名叫蘿絲，全班傳聞她是愛滋病患者。

芙薇為了保護女兒，刺繡這幅盛開有毒的罌粟花，蒼白粉蝶的腳正沾上了淡黃色的花粉，意味著愛滋病即將到處傳播。

芙薇希望女兒班上老師看到這幅圖的暗示後能採取行動，請求蘿絲休學。

那天她藉機到女兒學校，趁班上同學去上體育課的空隙，將這幅「粉蝶罌粟花」刺繡圖偷偷放在蘿絲的桌上。等同學陸續回到教室後，果然刺繡圖被傳閱，等到上課鐘響，全班還沒恢復平日準備上課的平靜氣氛，老師走進教室，察覺班上躁動不安，有什麼事不對勁，就問了同學原委，當她一看到刺繡圖，立刻臉色發白，並將那幅圖沒收。

突然間，芙薇感覺到血脈賁張，不安地喊：「停！我很不舒服。」

編導回到芙薇的ＶＲ鏡畫面上：「妳的血壓心跳已經到達危險的臨界點，我擔心再演下去妳會過度激動，對心臟不好。」

芙薇除下ＶＲ鏡，拿了椅子旁邊的水喝了一口，稍作休息。全心投入與ＶＲ互動的結果，讓她身心俱疲，癱坐在椅子上，腦袋一片空白，視線模糊。

生命中的一個決定，影響了芙薇二十年痛苦的生活。

第二天，坐在女兒桌旁的蘿絲沒出現，從此沒來上課了。有人說她們全家搬回美國，也有謠言說，那女孩自殺身亡。

芙薇為了保護家人，做出了她的決定：戰鬥而不是逃避，雖然達成任務，可是得不到身邊所有人的諒解。一向善良的她更不能原諒自己的過度捍衛，傷人傷己，她陷入了不可自拔的困境。

芙薇孤獨、無助，不知道該如何接受自己的過錯，陷入負面情緒狀態，胡思亂想，疑神疑鬼，讓自己掉進鑽牛角尖的死胡同。

在工研院的電腦室，金水因關心芙薇，同步與編導觀看著影片，發現芙薇正處於極度低落的精神狀態。

＊＊＊

這個時候，炎漢走進來說：「下指令中斷編導。」

金水急忙出聲阻止：「芙薇正處於身心受創的狀態，這個時候中斷電玩對她不利。」此時金水感受到芙薇的痛，擔心突然中斷後會對她產生不良影響。

「壓力測試就是要增強情緒壓力，活化她的思緒，讓她深入了解自己，才能從根本徹底釋放壓力啊。」

炎漢的確是陰險狠毒，殺人不見血，他提供星座資料給編導做深度學習，正是為了利用人性的弱點。

炎漢中斷編導，更是為了立功。他深知上面推動「銀光計畫」的初衷是為了解決長照的國安危機，以芙薇目前的症狀，二十年來服用憂鬱症藥物，漸漸走向失智症狀，根據資料，失智症需要長達十年的照護，更加速了健保的破產。既然計畫的目的是為了減少政府長照支出，系統應該促使芙薇走上自殺之路，需要加強操弄她巨蟹星座執著的弱點。

炎漢斬釘截鐵地對金水說：「通知她先生接她回家吧！」

金水看著炎漢昂首闊步離開的背影，如此飽滿自信，他心中湧起一股熟悉的沮喪與自卑……他默默低下頭，按下「中斷」鍵，感覺到自己一輩子總是活在別人的陰影之下。

29

炎漢城府極深，建議以若芍作為系統壓力測試者，是有雙重用意的。

他知道，若芍是標準的雙子星座，一方面聰明智慧、多才多藝、隨機應變，另一方面卻是缺乏原則、愛做白日夢、自私地只想到把自己的日子過好，在這兩種極端的雙重人格拉扯之下，很難安於一成不變的生活，而且最喜歡活在戀愛的感覺，以維持生活的新鮮感。因此，很容易被操弄。

另外一個理由是，若芍有心肌橋，符合「趁她病、要她命」的壓力測試條件。

若芍自從小中風後，雖然生活可以自理，可是腦神經受損，反應遲鈍，很少出門，她常孤獨地坐在電腦前，毫無目的地瀏覽網頁。

金水雖然感受到專案的壓力，可是他很少加班，一到下班時間就匆匆忙忙回家，因為他知道若芍哪裡都去不了，等著他回家，帶她到工研院新建的生態池附近的步道散步，這是若芍一天之中唯一可以離開書房到屋子外面走動的時候。

金水與若芍沿著生態池旁邊的步道漫步，水岸坡地種植的花草茂盛，池邊濕地密植著臺灣原生種水生植物，成為各類生物棲息之地。在斜陽下，蝴蝶於花叢中穿梭飛舞，蜻蜓在水域上方盤旋追逐，而隨著夜暮低垂，池畔傳來陣陣蛙鳴蟲叫之聲，充分體現大自然旺盛的生命力。

若芍雖然行動緩慢，舉步維艱，心中卻感受到大自然的生意盎然，感受到活著的珍貴，她情不自禁挽著金水的手臂，溫柔地對金水說：「謝謝你多年的容忍，到現在還全心全意地照顧我，真是對不起你！」

金水感動到眼眶泛淚，多年以來，若芍像是一朵浮雲，飄浮在空中，捉摸不定。現在的若芍卻腳踏實地走在土地上，溫暖的手緊緊抓住他的手臂，再也離不開了。

金水感性地說：「我才對不起妳，工作一直不順，自己都不知道該如何過下去，沒有能力給妳好日子，更沒有好好地愛妳。不過，自從認識妳後，我對妳的愛從來就沒改變過，心中只想好好照顧妳。」

「你憨厚老實，是我可以託付終身的人；但不知道為什麼，總是有兩股相反的力量在我的心中拉扯，讓我不能安定下來。」

夕陽西下，倦鳥知歸，若芍想起了電影《麥迪遜之橋》的黃昏之戀，而她，如同在浪漫的電影之中。若芍心想，現在她哪裡都去不了，一生追求浪漫的愛，究竟愛的本質是什麼？金水以最簡單的生活來愛她、護她，就當它是一場美好的夢，眼前還可以在大自然生意盎然的環境下漫步，必須珍惜。

「王金水，我愛你！」若芍突然衝口而出。

金水聽到這一生最甜美的話，以為可以與若芍就這樣天長地久地過下去。

若芍走路不穩，一個顛簸，她緊緊抓住了金水的手臂，金水想起了若芍中風後腦神經受創，也想起了炎漢授命的壓力測試。

金水對若芍說：「聽說打電玩可以活腦，幫助妳腦神經復健，我們系統需要壓力測試，妳願意嘗試新東西嗎？」

「當然願意。」若芍雙子星座愛嘗鮮的個性又跑出來了。

「那麼妳明天準備一些舊照片，我們一起去雲端樂園吧。」

＊＊＊

清晨起來，若芍從書桌抽屜找到一些與大學同學出遊的團體照，就興匆匆地跟著金水到雲端樂園。

金水幫助若芍戴上ＶＲ裝置後，就返回工研院電腦室。根據他監聽芙薇進行壓力測試的經驗，對心理有創傷的人，「編導」會加重她心中的痛。若芍有生理上的病症，「編導」將如何處置？金水有些坐立不安，戴上耳機，打開電腦追蹤若芍。

「編導」的聲音從耳機中傳入若芍耳畔，像是喃喃自語：「雙子星座，指數4、1、2、2，心肌橋，我明白了……」

接著，聲音轉為明亮：「若芍，歡迎妳！我從臉書下載了妳的資料，妳以『愛』為主題，po文分享如何『去愛、被愛、自愛』。妳一生追求浪漫的愛，妳記得這張照片吧？」

若芍在VR鏡中看到一張大一她與同學的團體照，站在自己身邊的那位男生就是新交的男朋友，她記得那位男生曾用青澀的話對她說：「妳好漂亮啊，眼睛一眨一眨的，好像會說話。」

編導說：「我整理出你們兩人當年交往的影片給妳看。」

若芍看到她亮麗的打扮，修長的身材，與照片中那位男同學在校園儷影雙雙地散步，一直到夜晚，等到校園人煙稀少的時候，男友將若芍帶進樹叢黑暗的草地上，他們兩眼對視，男友輕輕地觸摸她的眼睛、臉頰、嘴巴、下巴，順著脖子，滑溜溜進入了胸前……

耳機中，「編導」放著從炎漢提供的AV片模擬出的，做愛前奏男女雙方互相撫摸的呼吸及呻吟聲，而在實境中，若芍坐在VR椅子上，感覺到全身發熱，又再度春情爆發，她伸手摸摸自己的胸口，心臟跳動加速，全身熱血沸騰，衝上腦袋，呼吸急速。

若芍感覺到一陣一陣的昏眩，可是太舒服了，她不想停下來，她已經很久沒有這樣熾烈地被愛著。

編導監測著若芍的指數，「2、4、1、1」，身心激動，靈緣卻慢慢消退中，它知道上面交代的事情做到了。而且，應該重複將性愛注入若芍的短期記憶，才能成為長期記憶，讓她存儲在腦中揮之不去。

「夠浪漫吧？在草地上總是不能盡興，再來一個。」

若芍做了一個深呼吸，讓喘不過氣的呼吸緩慢下來，不過高亢的情緒仍然存在，她感覺活在魚水之歡中，能增強她的生命活力。她用手將VR鏡扶正，等待著更多的豔情可以重現。

VR鏡中出現了若芍大二時與那位狂野豪邁的少年郎約會的場景，在月明之夜，他們兩個人坐在湖邊的樹叢裡，他觸摸著她的臉頰說：「皮膚像初熟的蘋果，粉粉的色澤，像是上了一層薄薄的蠟，光澤亮麗，我很想咬妳一口。」

若芍伸手摸摸自己的臉頰，燙燙熱熱的。雖然她知道編導只是下載了她臉書上的資料而製作出虛擬影片，可是她感覺到的卻是如此真實，慾火焚燒著全身的每個器官。

狂野的少年郎說：「地上都是樹根，躺下來不舒服，我們上賓館吧？」

VR鏡頭出現在賓館的床上，若芍與男朋友一絲不掛地擁抱在一起，一會兒男的在上，一會兒女的在上……。

編導以炎漢提供的性愛大數據將若芍操弄到若死若仙，它也檢測到即時的身心靈緣指數為「1、1、1、1」，若芍瀕臨身心崩潰的邊緣。

若芍躺在VR椅子上，呼吸急促，心跳飆升到高峰，荷爾蒙上升，交感神經活躍，高亢的情緒讓心肌橋加壓心臟，火上加油。

金水在辦公室盯著電腦，血脈賁張，腦袋卻一片混亂，原來若芍在婚前就……。

這個時候編導出現在VR鏡上說：「接下來，我們可以播放妳在臺北當公關時交往的男朋友……」

若芍全身乏力，沒有說話，她緩緩地把VR鏡摘下，按下關機鍵，想站起來，卻發現自己雙腳不止無力，而且還沒有知覺。

金水心知若芍有狀況，急忙趕到雲端樂園，原來她已經二度中風，行動不便。金水正想借用輪椅推若芍回家，卻看到炎漢已經把輪椅準備好，旁邊站著三樓長照區的照服員，炎漢對金水說：「現在是我們系統開發最需要你的時候，若芍生活不能自理，你哪有時間、能力照顧她？還是交給我們的照服員吧。」

金水趨前雙手緊抓著輪椅不放，高聲喊叫：「不要！」他不忍心丟下若芍。吵鬧的聲音驚動了家豪，他從辦公室出來，非常同情金水，安撫著他說：「王兄，主任說得對，你沒有照顧經驗，還是交給專業。我們也需要你，也許我們可以試著去修改流程。」

金水感覺到身邊的人都在壓迫他，他想起炎漢強迫中斷芙薇的「壓力測試」時自己心中的痛，他強烈感到自己此刻必須保護若芍！他使命地抓住輪椅的把手，僵持了好一陣子，直到手心開始疼痛，手臂也發起抖來，他知道自己已無能為力了，家豪趁機將金水的手指一一剝開。

軟弱的金水抵擋不了炎漢強勢的威迫，無力反抗，只能看著若芍坐著輪椅的背影被推入電梯，上到長照區，黯然淚下。

30

經過兩次「壓力測試」，金水認為系統有問題，受試者的心理與生理的壓力會因此強化，最大風險可能導致死亡。人命關天，他一向同情弱勢，不應該成為「害命」同路人。他鼓起勇氣，準備找炎漢討論，建議終止這個計畫。

金水來到炎漢辦公室，家豪正好跟炎漢討論完畢。家豪看到金水，關心地問：「王兄，這幾天你一定不好過，睡得還好嗎？」金水迴避他的眼神，默不作聲。

炎漢坐在辦公室的電腦前，神情嚴肅，板起面孔，正準備下指令給銀光狗。他對金水說：「你不用想太多，我剛剛對上面報告，壓力測試通過了。你所發現的問題都是接受測試者先天性的基因缺陷，芙薇憂鬱症是個性原型使然，天生有自殺傾向。若芍更不用說了，她出生的時候就帶著心肌橋，命運已經被決定了。我們的系統只是幫助她們探索該如何走完這一生，這不就是政府投入大量資源的初心嗎？」

炎漢在鍵盤上敲打了幾下，說：「我已經下指令給銀光狗準備宣傳ＤＭ，推出遊戲，進一步對老人、也就是我們的ＴＡ做市場抽樣測試，你回去跟銀光狗處理吧。」家豪站在旁邊，默默地點頭。

金水知道自己抵擋不了炎漢強勢粗暴的施壓，何況他的後方有強大的支撐力量。他無助地回到辦公室的座位上，打開電腦，銀光狗已經在等著他：「我剛剛搜索最新的資料，全國男性平均壽命七十六歲，女性八十二歲，根據常態分配，有一大半老人會在這個年齡死亡，而且從健保的生理數據分析，他們都有一個共同點，就是至少有一種老人慢性病症，這個族群的老人最想做的事就是回顧人生、探索生命。」

金水暗自評估，自己已經六十四歲了，根據平均數據預估，他的餘命應該只有十二年左右。

銀光狗繼續說：「根據研究報告，這個年齡層的老人有共同的生活型態，他們的生活能力漸漸衰弱、社交活動低落、自尊心降低；面對社會上對老人的歧視以及使用空間的不友善，而孤獨地自大化、不滿現狀、逃避現實生活、做白日夢以求超越現實等等。這些特質，不就是老人們活著的悲哀嗎？但反過來說，這樣的生活型態也就是合乎『遊戲成癮者』典型人格特質的傾向，生活孤獨寂寞，適合打電玩。這個遊戲就命名為『探索生命之旅』吧！」

金水心想，銀光狗可以如此流暢完整地表達自己的意見，一定有人暗中提供資料。

＊＊＊

過了不久，金水在工研院的「雲端樂園」網站上，看到銀光狗的po文，還搭配了一張照片。

照片上有一位銀髮族，頭戴著安全帽式的ＶＲ頭盔，手腳分別穿戴著指尖套，右手前臂貼著電子皮膚，舒適地坐在電玩的真皮躺椅上，椅子飄浮在一片鑲著銀邊的雲團上面。

銀髮老人用敬仰的眼神，凝視著天空中照射下來的一道宇宙光。白皚皚的雲團上，清清楚楚地寫著兩行字：

人生的劇本已經定稿，你只要將當下演好

免費ＡＩ／ＶＲ電玩「探索生命之旅」

並附上報名簡章：

「探索生命之旅」

人生如戲！你想沉浸在你的構思，與「人工智慧」系統和「虛擬實境」裝置互動，將你的人生戲碼演至完美落幕嗎？

• 遊戲特色

以你為主角，引領你重回成長過程中的3D虛擬實景，重建當年的人、事、物，讓你身歷其境地激發你潛在的能量，引導你破關達陣地處理從幼兒、青少年、中年到老年的糾結、障礙、陰影、創傷，完成自我身心靈整合，甚至可以預測你生命的未來。

• 贈品

破關結局者送「我的自傳」紀錄片。

• 報名資格

女性八十二歲以上、男性七十六歲以上，至少有一種老人慢性病症。身心障礙者不受年齡限制。

每天到「雲端樂園」打電玩至少二小時以上。

名額有限，請速報名。

• 準備資料

請自備成長過程中的所有照片，含自己與親友照片，有影片更佳，以便報到當天建檔。並攜帶身分證以便拷貝健保局病歷資料。

Po文之後，果然報名人數踴躍，瞬間額滿。

銀光狗從上萬的報名者中篩選了四十人，他們大部分來自新竹市，可能是因為通勤方便，也可能是竹科人瘋科技，深信科技可以造福人群。其中也包括輕度失能失智老人、獨居老人等等。

報到當天，金水在接待處觀看，聽到幾位竹科退休族的對話。

有一位穿著整齊、看來喜歡發號施令的報到者，指著報到處桌上的牌子「VR電玩第一期」說：「真巧，我們幾個又成為『同班同學』了！」

同行者一位戴著PING正品高爾夫球帽子的人說：「對啊，我們在大學工學院同班，在成功嶺軍訓同期，RCA新進員工培訓同期，EMBA同班，寶山高爾夫球場首期會員，第一期就入住新竹豪宅，連最近的攝護腺癌放射性治療也是同期。」

另一位膝蓋有些微退化，以登山杖作為拐杖的報到者說：「來這裡打電玩都是七老八十的老人，病痛人人有，只是慢性處方箋不一樣，真希望都能善終，不要鼻胃管、氣管、導尿管三管全插。如果真的被長照，我們的未來不是夢，而是噩夢啊！」

金水在接待處觀察，四十位年齡大他十多歲的老人，餘命都可能很快歸零，可以稱呼他們為「瀕危適齡者」也不為過。

不過，他們大都行動自主，自己帶著老照片來報到。只有少部分適齡者，在親友或外傭扶持下走進來。

這些適齡者每個人都興致勃勃，既興奮又好奇地詢問服務員關於各種VR裝置的問題，聲音此起彼落，非常熱鬧，有如同班同學在接受新生訓練般。

等到大家都坐上電玩椅子後，每個人都專注地凝視著螢幕，全場一片死寂。

冰冷的機器，在冷冷的日光燈之下，映出帶著寒意的光，四十位適齡者黏坐在電動椅子上，就像是等待著被處死的集體刑場。

31

在四十位適齡者中，有一位身材高大的男性，他坐在電玩椅子上，按下開機鍵，頭戴式顯示器出現自己在雲端飄浮。耳機出現聲音叫他自我介紹。

「我叫張大志，今年七十六歲，童年在家鄉苗栗長大，到新竹就學，已成家立業，子女在國外，太太小我五歲，我們在十年前退休後就雲遊四海，跑遍全球，住盡全球五星級酒店，吃盡全球米其林三星餐廳。不過，我是三高患者，最近體力不支，連高爾夫球也打不動了。人生該負的責任完成，沒有什麼事情想做的了，你們廣告說『可以預知生命的結局』，我完美無憾地活到現在，不知道能不能修到『在睡夢中辭世』！」

編導說：「科技人就是急躁，想馬上知道結果，你是來慢慢打電玩闖關的。每個人在生命的每個階段都會有些挫折，你表面上看來是完美無憾，實際上在你的內心深處必定隱藏著一些不為人知的障礙，這些障礙必須處理才能坦然放下。我就是來引導你打電玩處理這些關卡，這個遊戲很簡單，基本就是讓你回答下面這些問題：

『當時在什麼地方？』

『跟什麼人在一起，跟他們是什麼關係？』

『發生什麼事你最喜歡？』

『發生什麼事你最害怕？』

『你如何處理？』

『然後呢？』」

編導繼續說：「當你描述當時如何處理困擾的時候，我可以從你身上穿戴的監視器上偵測到你真正的內心世界，然後根據你的情緒，剪接相關照片或影片，以虛擬實境的方式帶你重回現場，與你互動，直到你解決當時的困境為止。」

張大志一臉不耐地說：「一定要從小到老循序進行嗎？」

「隨心所欲吧，你也可以從生命中最大的困擾開始。」

編導接著問了大志幾個問題，等大志簡單回答後，便即時製作了影片，開始在大志的VR鏡中播放。

螢幕上，二十歲的大志，坐在大學校園的教室裡，專心地聽著丁教授講課。丁教授在黑板上寫了「科技的未來」後，轉身問學生說：「你們有沒有人知道科技對未來生活的影響？」

大志一從VR鏡中看到丁教授的正面，就驚喜地大叫：「真的就是我姨丈啊！跟他本人一樣一樣！」

畫面中全班鴉雀無聲，丁教授繼續說：「四十年代末發明了電晶體元件取代了又大又重又費電的真空管，今年一九五八年，美國德州儀器發明了積體電路，整合了多個元件於晶片上。現在像手提箱那麼大的真空管收音機，將會變成可以放進口袋那麼小。」

丁教授說話的時候有點喘，但他繼續說：「積體電路將應用在我們生活中的所有電器上……」

丁教授正想說下去，喉嚨卻卡卡的，他忍不住，便迅速轉身背對著學生，面對著黑板不斷地咳嗽。

咳嗽停止了，學生看到丁教授的臉色蒼白，他調整氣息，義憤填膺地說：「科技是為了解決我們的生活問題，為什麼我們的機車還沿用上世紀發明的二行程引擎？我搬來新竹市後，人口愈來愈多，汽機車滿街跑，特別是機車排放的廢氣，構成空氣嚴重汙染，讓我呼吸困難，咳嗽不斷，遲早會得肺癌絕症。」

丁教授滔滔不絕地講解機車廢氣之惡，直到發現學生們都沒在聽，而且他身體很不舒服，就跟大家說：「今天早點下課吧！」

同學們一哄而散，丁教授一個人才剛走出校門，不料就被一輛在人行道上逆向的二行程機車撞倒在地，車禍死亡。

大志看到這裡，整個人血脈賁張。他的姨丈是如此有學問、有未來的年輕教授，就這樣一命嗚呼地橫死在人行道上。

這個時候，「編導」問他：「接下來你想探索哪一個階段？」

大志的腎上腺素已經被電玩激發，他很想繼續玩下去。但是可能過度專心看螢幕，他感覺到心跳不穩，有些暈眩。

他突然對著麥克風暴躁地說：「今天玩夠了，明天再來。」就氣憤地關機離開。

32

電玩推出之後，四十位適齡者不論是男性或女性，都為「探索生命之旅」遊戲著迷，打電玩的時數，從每天二小時增加至四小時，甚至到了全天八小時。

他們的生活重心就是打電玩，完全依賴「探索生命之旅」度日，最大的困擾就是一天不打電玩就有失落感。在短短的幾個月，大家都成為遊戲成癮者。

從生理上而言，大家反覆地接受光影、聲效等外在刺激，導致前額葉皮質區表現興奮的狀態，與吸毒者渴求藥物時的區域相同，長期依賴藥物成性，造成腦部損害。

從心理層面而言，遊戲者在遊戲過關中的獎賞操弄下，刺激神經細胞而產生快樂激素多巴胺，讓打電玩者沾黏遊戲不放。

老人家如此長時間地集中精力打電玩，令身心處於過度亢奮的狀態，容易產生時空錯亂感，而且久坐不動，弱化了日常生活中適當的活動，慢慢地成為「過度亢奮致死症候群」。

* * *

這天，金水走向雲端樂園二樓的電玩區，發現四十位適齡者只剩下不到十人在打電玩。

金水登入銀光狗管理模組，查看資料，發現三十多位缺席的適齡者，在打電玩六個多月後，身心靈緣指數停留在「1、1、3、3」，從此就不再出現！

金水問銀光狗：「這三十位長者為什麼指數停留在『1、1、3、3』，就再也不來打電玩了？」

「三十位適齡者這幾個月以來，在探索生命之旅的虛擬實境遊戲下，聚精會神地沉浸在打電玩，努力去克服生命成長中的每個關卡，解決情緒上的衝突、困擾，雖然體力耗盡，身心俱疲地回家，可是通關達陣後帶來的心靈滿足，促使他們圓滿地結束探索生命之旅。」

金水想起第一次走進工研院「銀光計畫」的會議室，有位老人行為心理學家說，設計VR遊戲的目的，是為了解決老人家希望被傾聽、記錄生命經驗、夢想可以達成、誤解的親情可以和解等問題。

看來，實驗證明，根據對四十位九十歲老人所收集的資料，再經過分析學習而設計出來的這款遊戲，確實成功了！VR虛擬遊戲的確可以讓老人家沉浸、構思、互動於虛擬實境之中，探索生命最後的一哩路。

金水問：「他們身心俱疲，身與心指數降低為1，我可以了解，但靈與緣指數卻同時上升為3，為什麼？」

「因為他們都體會到當心結打開後的舒暢，而且從處理每個關卡的過程，都是以他本人的真情本性、表裡一致地去解決，才能安住於『靈緣合一』的境界。而接下來的數週，他們會無怨無悔地進入斷食嗜睡狀態。」

「嗜睡？」

「對，他們在家的時候，睡的時候多，醒的時候少，而且家人叫不醒他們，就算是醒來，他們也會說睡得很香，是處於一種無意識狀態，然後愈睡愈多，最後在睡夢中辭世。」

「沒有醫療介入，不需要手術、插管、進重症病房，無病無痛地在家中與家人安度生命的最後時光！這是幾世修來的『善終』福分啊！」

銀光狗只知道使命必達，說：「雲端樂園果然是安寧緩和照顧的神器，如果在臺灣全面推廣，我們的健保可以省下很多醫護資源。」

金水心想，雖然這些適齡者都患有慢性疾病，但並不代表死亡，我們應該尊重基本人權，不該剝奪他們的生存權。可是他心中知道，銀光狗只是完成它被交代的任務。

金水又問：「還有少部分適齡者仍然在打電玩，為什麼？」

「目前原因還不明確。根據資料顯示，他們身心不但沒有衰退，反而愈來愈健康，而且精神愈來愈高亢。我將這些特殊現象存入『加密資料庫』，等待你去分析。」

金水知道任何系統都有破口或後門。他記得操作手冊的說明，「加密資料庫」是儲存系統運作中的所有細節，以便系統出錯時，日後用來追溯當時為什麼會發生錯誤。就像是軍機上的「黑盒子」，失事的時候是敵我雙方最想先尋獲的獵物。難怪炎漢也一再強調，資料保密是金水最重要的工作之一。

銀光狗停頓一下又說：「不過，上面有指示，我已經將這三十位適齡者可能在睡夢中辭世的相關資訊發布新聞稿給媒體。」

金水不安地說：「系統一定有『系統蟲』，應該等我全面分析『黑盒子』資料再說吧？」

「上面交代，要來不及了……。」

金水心想：人工智慧需要有人給指令才會依據指示採取相對應的行動。到底銀光狗所說的「上面」是指誰？

＊＊＊

操弄著人們的各種宣傳圖卡，如「樂活善終處方箋」、「不在病床上說再見」，像病毒一般地在「適齡者」的社交群組瘋傳。

更有許多社會公益團體籌組「拒絕被長照聯盟」、「安樂死聯盟」，要求政府全面推廣「雲端樂園」。

果然接下來幾個月，全臺媒體用大篇幅宣傳，更製作專題做深入報導：

「死亡就像出生一樣，是個神聖的過程。我們政府與民間企業共同研發，應用我們在國際上AI／VR科技與生技大數據的競爭優勢，將瀕臨死亡的過程，以遊戲方式去探索生命之旅，並將生命最後一哩路的過程，讓適齡者不在病床上說再見，而是舒適地、圓滿地與親友道謝、道歉、道愛、道別後而善終！」

媒體的標題大多為政府鼓吹在國際上的成就：

「超高齡時代來臨，我們政府已經準備好了！」

「全球首創！我臺灣，我驕傲！」

「政府為老人打造樂活善終的處方箋」

「政府挹注資金做研發以減少老人臥床照顧費用」

「有人將死亡交給宗教、有人將死亡交給醫院，我們將死亡交給人工智慧！」

33

張大志自從上次體驗電玩憤而離去後，心想他一生平順，事業有成，退休後有老伴照顧，老友交往，而且兒孫自有兒孫福，應該可以完美無憾地離開人世，不必浪費時間去探索生命的終點站。

可是自從他打電玩之後，情緒起伏不定，而且夢中多次出現當年姨丈被二行程機車撞倒在地，橫死在校門口的恐怖畫面。

大志心想：「自己可以在AI／VR遊戲中找到答案嗎？」

工程師很容易被科技的磁吸效應纏身，張大志返回雲端樂園，繼續打電玩。

他坐上VR裝置的椅子，戴上VR鏡，按下「開機鍵」。

編導用歡迎的語氣說：「你回來了？」

「你失智了，不記得我？而且也忘了我的問題？」大志惡言相向。

「我想想，你問的是：可不可以預知生命的結局，在睡夢中辭世？」

編導停頓了一下，整理大志的背景資料，然後問：「唔，你的生命走到這，你想怎樣玩下去？」

「錢該有的都有了，該花的都花了，我這一生該負的責任也負完了。現在生活完全沒有重點，身體慢慢衰退，情緒低落，活到一百歲又怎樣？除非找到熱情所在，否則倒不如、倒不如、倒不如……」他想說的是，倒不如一頭撞死算了！

大志自從打電玩後就暴躁不安，他停頓片刻，試著恢復理性，想了一下說：「對了！如果要死，應該預立遺囑，交代身後事。」

「這個簡單，我下載一個法律認定的預立遺囑APP，根據問卷將資料填妥。如果你現在死亡，身後剩下什麼？」

大志遲疑地喃喃自語：「應該只有遺物、遺產、遺體，還會有什麼呢？可能還有遺言、遺志……。」

「遺物不需交代如何處理，親友喜歡留作紀念的就隨他們保留，剩下的可以捐贈給弱勢團體或當作廢物回收。倒是遺產，需要交代財產如何分配，而且需要決定遺囑執行人。至於遺體，你只要決定大體是捐贈或火化後的骨灰如何處置？不過，最重要的是告別式的選擇。」

「有什麼選擇？」

「中式、西式、宗教儀式、簡化式，還有最近流行的全球線上追思會，開直播的影片還可以留給子孫作為『雲端掃墓』之用。」

大志對編導說，他最大的遺志就是「重現一桿進洞」。編導製造了VR影片「生命最後一哩路」，開始播放……

「生命最後一哩路」的影片來到尾聲，「編導」看到大志的指數慢慢從「1、1、3、3」變化為「0、0、4、4」，可是一瞬間，指數突變為「2、2、3、3」，而且心跳血壓穩定，身體慢慢強壯起來。

編導知道大志有變化，便出現在螢幕上問：「發生什麼事？」

「我覺得很舒服，輕飄飄的，看到雲端有一束白光，正想跟著它上去，忽然間看到媽媽在上面說：『「一桿進洞」就是你一生最大的成就嗎？我們幫你取名「大志」，是希望你做出更大的事啊！』媽媽說完我就醒來了。」

編導抱怨：「搜索到紐西蘭『貝殼杉懸崖高爾夫球場』的十八洞實境，剪接了如此逼真的『一桿進洞』虛擬影片，要滿足你的遺志，結果你又活了過來，看來你是命不該絕。你先回家吧，讓我好好分析看你的生命該如何走下去。」

34

大志躺在床上久久不能入睡，他回顧整個「探索生命之旅」的過程，在虛擬世界中體驗到「生命最後一哩路」，讓他感受到死亡是很安全的，而且會「一路好走」，可是他應該走嗎？還有未竟之志嗎？

大志一夜未眠，他想起丁教授的「遺志」。記得丁教授說，「未來科技是為了解決人類生活上的問題」。

丁教授的確是高瞻遠矚，洞察機車排放廢氣將構成嚴重的空汙。果然這幾年，全臺各地常常處在PM二點五紅色警戒狀態，而且機車造成的死亡車禍，年創新高。

大志想到這裡就激憤難眠。天一亮，他就匆匆趕到雲端樂園，穿戴上VR裝置，按下開機鍵。

「媽媽說我該『立大志、做大事』，想了一個晚上，如果開發『自駕電動機車』，可以為社會解決廢氣及車禍死亡的問題，這是我希望為社會做的事。你幫我建一個模擬系統，在虛擬實境的裝置下試走一遍，不知道我的夢想可不可能實現？」

編導說：「當然可以，以臺灣目前中小企業對人工智慧、導航系統、馬達，以及電池的技術，研發一部『自駕電動機車』應該不是問題，我上雲端搜索他們擁有的主要關鍵技術，根據這些技術，組裝一部雛形電動機車給你在ＶＲ系統上試乘。」

片刻之間，大志在螢幕上看到一部機車，外觀跟一般機車幾乎一樣，有車架、座位、輪胎，沒有油箱，沒有排氣管，而且前叉沒有把手，只有一根像打電玩一般的控制桿，控制桿的正上方，有一個像水晶球一般的圓球，可以自動平衡車身。

不知道是太新奇還是內分泌作祟，大志像是變了一個人，興奮地高聲大呼：「趕快開始吧！」

大志從ＶＲ鏡上，看到他戴上機車頭盔，穩穩地坐在機車的座椅上，他稍微平衡身體，手伸向控制桿往頂端的紅色按鈕一按，機車就啟動，緩緩地往前移動。

大志聽不到引擎的聲音，只聽到輪胎與路面接觸的摩擦聲，他沉浸在逼真的車道上，不需要駕車，而是輕鬆地欣賞著兩旁的風景。

突然間車子停住，原來前方有紅綠燈。這種虛擬的停頓，讓大志很不舒服，一陣暈眩，害他胃中冒酸水，說不出來是什麼味道。

接著機車駛向山區。變化多端的彎道，兩旁景物，包含藍天、白雲、海洋、懸崖、峭壁、高山、峻嶺、低谷、峽谷、樹木……在視覺中頻頻出現，而出現的時間總是與車子的速度與傾斜角度有些許的差異。

大志高聲喊叫：「停，快停！我快要吐了！」

後端的「黑盒子」記錄著整個過程。

大志急速地解除了身上的ＶＲ裝置，快步衝向廁所，趴在馬桶上嘔吐。他從廁所走出來，狠狠地將廁所門關上。

大志走出雲端樂園大門，感覺腦袋脹脹痛痛的，快要爆炸了。他狠狠地將停放在路邊的整排機車一一推倒。

35

大志的特異行為引起了金水的注意，他登入系統查看「黑盒子」的紀錄，追蹤這些人的行為。

「黑盒子」資料庫中顯示，部分人打ＶＲ電玩六個月後，有一個共同特徵，就是行為怪異，情緒起伏不定，而且會出現「遊戲成癮者」的嘔吐症狀。

金水記得看過的一份報告指出，如果打ＶＲ電玩者長期在預期與實際不一致的情況下，腦神經迴路的反射動作會產生高亢的內分泌激素，導致脾氣暴躁、躁動不安，極容易招惹災禍。這些不得善終的高齡者如果繼續打ＶＲ電玩，將會製造千奇百怪的老人社會問題。

金水愈想愈擔心，科技是助人不是害人，而且壓力測試顯示系統會導致死亡，他應該如何處理？

但是從另一個角度思考，「探索生命之旅」可以讓「適齡者」善終，一則為政府節省七到十年的長照費用支出，二則一位身體日漸衰退而且患有慢性疾病的老人，將會面對不能自主生活的折磨，拖累親友，他們真的想活久一點嗎？

換言之，「探索生命之旅」的確是救苦救難的良藥，可以離苦得樂啊！

也許他應該深入研究「加密資料庫」的副作用，抓出系統蟲，進一步優化系統。

金水正陷入沉思，炎漢突然出現在他眼前，一臉欣喜的說：「剛剛從行政院開會回來，經過媒體報導，全民要求政府早點全面推出遊戲。院長正苦無預算而煩惱，在座的一位長照保險業者表示他們可以贊助。」

金水擔心如果全面推廣ＶＲ遊戲的訊息洩漏出去，被媒體誇張報導、帶風向，加上名嘴大聲疾呼，煽動操弄民眾，就會一發不可收拾。

金水說：「還不能推出遊戲，你知道系統有瑕疵嗎？」

金水正想跟炎漢解釋遊戲可能引起的併發症，指著「黑盒子」的加密資料說：「ＶＲ系統有副作用，這些資料如果被發現，將會指責政府謀殺人民！」

「上面交代了，決定全面推廣。軍令如山，使命必達，我們捨命也要執行！加密資料有什麼人知道？」

金水心想：又是「上面」，銀光狗跟炎漢說的「上面」，究竟指的是誰？

「只有我知道。」金水回答。

炎漢毫不猶豫地說：「你馬上就將資料殺掉。」然後若有所思地離開了研究室。

金水看到炎漢如此果斷地下達命令，臉上掛著威武肅殺的表情讓他不寒而慄。而且炎漢不是說將資料「刪除」，而是「殺掉」——將資料毀屍滅跡。

金水翻閱電腦螢幕，看到一頁又一頁的老人因為打電玩而躁動可能引起的犯罪資料，對社會將造成不可收拾的混亂，他應該阻止政府全面推廣VR電玩。

可是從炎漢口中聽來，行政院會議中的利害關係人，包括長照保險業者為了避免被報銷長期照顧保險費用，決意推廣VR遊戲，他們必定會剷除一切障礙。

金水愈想愈害怕，想起許多案例因為牽涉到龐大的利益，被害人的屍體被石沉大海而收案。利害關係人需要全面推廣這個遊戲，唯一的障礙就是他！

金水心想，炎漢叫他將資料「殺掉」不是重點，重點是金水會不會去告發？所以炎漢不是要「殺掉」資料，而是要殺人滅口！

金水目瞪口呆，嚇到腦袋一片空白，不知所措。他想起壓力測試期間炎漢凶狠的行徑與神情，而現在——自己可能被殺。

雖然過去在人群之中，金水總是感覺到別人比他好、比他強，這帶給他龐大的生存壓力，很多時候，他只能懦弱地順應時勢。可是，眼前他面對的不僅止是死亡威脅，甚至可能成為傷害別人生命的人，這絕非他所願，他必須奮力對抗！

金水畢竟是密碼學專家，他在鍵盤上快速地輸入一些指令，然後打開「黑盒子」，按下「清除」鍵。

金水正想關燈下樓，發現窗外樹影婆娑，隱隱約約看見一位身材魁梧的黑衣人正好低頭點香菸，然後抬頭專注地盯著研究室窗戶。黑衣人看到室內仍然有燈光，就在樹叢中踱步，監視金水。

金水沒有關燈，靜悄悄地離開了座位，從防火梯溜出大樓，摸黑走進雲端樂園三樓，想跟若芍說再見，沒想到若芍已經被炎漢遷入四樓的安寧病房。他猜想若芍已經不省人事，病在旦夕了，只能含淚與若芍告別。

＊＊＊

金水離開雲端樂園，不敢回家，坐上工研院後門的計程車，就往家鄉臺南官田的廟口方向離去。

計程車到達了廟口，金水向司機謊稱到家了就下車，他不敢回老家，心知炎漢不會那麼輕易放過他，他先往老家的方向走去，但在一個昏暗的街角，他轉向沿著小徑，往烏山頭水庫的方向走去。

天空開始下雨，臺南冬季雨水是烏山頭水庫的泉源，雨下得很大，金水拖著疲憊的腳步，經過了無數曲折的泥土路，被大雨浸透的山路泥濘易滑，金水的褲管沾滿水漬泥土。

進入烏山頭水庫區域，金水看到他小時候常在這裡玩耍熟悉的樟樹路口，便從路口轉入山坡路，往水庫的其中一個半島走去。

這個時候雲霧籠罩，金水走在又溼滑又陡峭的山路上，跌跌撞撞，最後到達了一個隱密的山洞，金水已經筋疲力盡，跌倒在地就睡著了。

金水不知道睡了多久，醒來時，天空灰暗，大雨依舊滂沱，他躲在山洞裡頭，分不清是白天還是黑夜，飢餓難耐，全身乏力，張開嘴巴對準山洞上方滴下的雨水充飢，昏昏沉沉地又睡著了。

朦朦朧朧之中，金水聽見外面雨水落在樹葉上發出的沙沙聲，偶爾有樹枝折斷落地的重擊聲，他誤以為黑衣人到來，緊張地將身體蜷縮著保護自己。

金水過度飢餓，盼望進食，引起腦內啡分泌，讓他輕鬆。在密閉的山洞內，他排放的二氧化碳產生了麻醉作用，正如「斷食」不吃不喝多時後所產生的嗜睡狀態。

不過，金水腦海中出現幻覺，如同影片一般，片片段段地迎面飛來，他夢見了早逝的哥哥、爸爸、媽媽……

突然間，金水眼前出現了一位白衣人，對著他招手，他感覺到身體輕飄飄地往上升。

36

金水懸浮在半空中，回頭看見自己僵硬的身軀躺在黃土上，臉上掛著一個含冤莫白、哭笑不得的笑容。

這個時候，他感受到自己從原本的固態肉身，慢慢成為液態，最後往上蒸發成為氣態而飄浮上升。

金水的身體像影子一般，有形無體，隨著一道光往雲端上飛，在光的盡頭有一道白影，金水靠近一看，影子好像是自己從鏡中的反射，跟他長得一模一樣，而且臉上還掛著跟他死去時同樣含冤莫白、哭笑不得的笑容，簡直就是他的化身。

金水問：「來者是誰？」

「我是指派來接你的使者。」

「使者不就是天使，你怎麼沒有翅膀？而且頭上並未頂著光環？為什麼還長得跟我一模一樣？」

「頂著光環、長著翅膀的天使，那是根據你們的傳說。至於我的長相，帶你上去再說吧。」

金水跟著使者往上飛，感覺到氣溫愈來愈低，空氣愈來愈稀薄，他從雲端往下看，地面上的身體已經小到看不見了。他繼續往上高飛，回頭看到烏山頭水庫、玉山主峰、臺灣島、太平洋、南北美洲、地球，好像長鏡頭一般愈拉愈遠。

突然間飛行速度加快，如光速般的繼續上升，他看到地球左邊的水星、金星與右邊的火星、木星、土星五大行星，天空愈來愈亮，刺眼的太陽光芒四射，照耀著整個太陽系。就在這一刻，使者帶著金水穿越了一層似絲如棉的雲層，整個世界馬上慢了下來，光線也柔和許多，金水頓時覺得身心舒暢。

金水問使者：「剛剛飛行了大約二十多分鐘，這是哪裡？」

「你果然是學科學的，還感覺到多少分鐘。地球與太陽的距離是一億五千萬公里，以光的速度每秒三十萬公里，八分二十秒就到達太陽。我們飛行了二十分鐘，已經遠遠離開太陽系。」

「我們已經跨宇宙到了另外一個平行宇宙！這裡有沒有空氣？」

「你只剩下二十一克的重量，不需要空氣。」

「常聽人說靈魂只有二十一克，你是說我的靈魂來到了天堂？」

「對，不過不叫『天堂』。嗯，這很難對你解釋，就用你們熟悉的語言，灌上互聯網的『*i*』，暫時稱為『*i*天堂』吧！」

金水跟著使者繼續前進，前方有道門，門上標示「通關密碼」，下方掛著鍵盤。

使者問金水：「你的通關密碼呢？」

「什麼通關密碼？」

「沒有通關密碼進不去，每個人都有一組四位數的密碼。」

金水想起他在雲端樂園，四十位老人在睡夢中離世後，在數小時內「身心靈緣指數」被重設，停留在四位數字。

當金水在雲端樂園第一次穿戴上VR裝置試用時，「身心靈緣指數」測量為「3、1、2、1」，他猜想自己死亡的時候指數應該也是「3、1、2、1」。

金水對使者說：「試試看『3、1、2、1』。」

使者在鍵盤上輸入後，這道門果然打開了。

金水問：「如果密碼只有四位數，而最大是四，四乘四乘四乘四，等於二百五十六，你們這個密碼只能支持二百五十六個不同的靈魂，地球上有七十億人口，每個人的靈魂都應該是不一樣的啊！」

「這只是第一道門，等你過了這一關再說。」

金水進去之後，又有兩道門在前方，一道門寫著「出口接地氣」，另外一道門寫著「入口交地氣」。

金水問使者：「我現在要進入天堂，為什麼要『交地氣』？」

「『i天堂』不只是處理從亞洲死亡的人，我們是處理地球上五大洲離世的人，而且只處理『初心』，所以要將你個人在地球上生活環境相關的地域、人種、政府、文化等雜質，去蕪存菁後呈現你的本性，才能進入下一關。」

使者繼續說：「靈魂是很純淨的，不能帶有地球上的雜質。」

金水自從來到「i天堂」，如同在鏡子中看到自己，經過入口交地氣後，沒有俗事纏身，原來靈魂是一塵不染，讓他想起了一句話：「本來無一物，何處惹塵埃？」

金水看到前方中庭坐落著形狀如同八卦陣的地境，不過不是八卦，而是六卦、六邊形的「陰陽六卦陣」。

金水站立在六卦陣的正中央，看到每一卦都有陰陽兩道門，左出右入，右邊的陽門標示著「天真者」，左邊的陰門標示著「失落」。

金水順著時鐘方向自轉一圈，眼睛看到另外的五個卦都有兩道門，每一卦的門依序為「孤兒」與「遺棄」，「殉道者」與「自私」，「流浪者」與「順從」，「鬥士」與「軟弱」，「魔法師」與「膚淺」。

金水再問使者：「這裡有六個門進、六個門出，它們有什麼作用？」

「『陰陽六卦陣』，『陰』是潛意識，『陽』是意識，代表你的個性原型，你有沒有覺得活著的時候，意識與潛意識這兩股力量會彼此拉扯、堆疊、糾纏，變化莫測？」

「就是這六卦，六股陰、六股陽的力量嗎？難怪塵世中的凡人活得那麼辛苦……你可以告訴我是如何活過來的嗎？」

「你孤獨的一生除了缺金缺水之外，最大的問題是你會『在不適當的場合說出不適當的話』，因此沒有朋友、無緣融入群體。表面上，你的意識是需要安全感，怕像『孤兒』一般被冷落，但潛意識裡卻反其道而行，不自覺地說出讓人難受的話；在意識與潛意識的拉扯下，最終被人『遺棄』。」

金水有感而發：「難怪我的緣指數那麼低，與人無緣，所以這都是與生俱來、天命注定的！那我的生命歷程是順時鐘一卦接一卦的進出嗎？」

「每個人的個性都不一樣，進出順序不一，有人在某一卦稍作停留，有人卻駐足良久，有人是階梯式一卦一卦堆疊前進，有人則是網狀式縱橫交錯地拉扯，更有人是螺旋共振前進。」

金水想起在雲端樂園讀到的生命故事。林碧英，表面上的個性特質是「鬥士」，參加各式各樣的遊行，其實她內心是非常「軟弱」的。

而王大福的生命就複雜多了，他出生就是一位完全相信父母的「天真者」，不過很快就「失落」了，兒時父親罹難、母親罹病，他就像「孤兒」般找不到安全感而被「遺棄」，後來只能「順從」歷史大環境的推磨，成為「流浪者」，還漂泊到臺灣。

金水問：「每一卦進去後會停留多久？」

「隨緣吧！你的靈魂自然而然地會帶領著你，以你的個性原型進出六卦陣，我會記錄時間，作為下一關的通關密碼。」

突然間，金水感覺到一道氣將他的靈魂吸進「六卦陣」的其中一道門，進進出出、出出進進，最後從其中一卦的門出來，走向使者。

使者對金水說：「我帶你到第二關。」

金水來到關門口，大門上面寫著「靈魂智慧」，右邊有一道小門，門內好像有人在開會。

金水猜想，地球上有「人工智慧」電腦系統，天堂上有「靈魂智慧」，難道也是一部電腦？

他開口問：「我們的人工智慧系統暱稱為『銀光狗』，天堂的靈魂智慧系統有暱稱嗎？」

「你就是天生的工程師思考，當然有，我們稱『靈光狗』。」

使者反問：「你不會還想問『銀光狗』與『靈光狗』的系統架構比較吧？」

金水不假思索用電腦語言問：「那『靈光狗』也是二位元的超級電腦嗎？」

「難怪『*i*天堂』派我接你上來的時候一再吩咐要做好準備，原來是要回答你的電腦問題。」

使者繼續說：「二位元電腦只能處理0或1，不是正就是反，不是陰就是陽。剛才你在陰陽六卦陣感受到的意識與潛意識之間的能量，有那麼黑白分明嗎？我們是以量子電腦才能處理模稜兩可的心理狀態。」

「那你剛才在陰陽六卦陣記錄下來的數字不是『數位化』，而是『量子化』？」

「對，不過你的量子化數字還需要跟與你生命中結緣的人攪和。」

使者加重語氣說：「生命不是一個人演的獨角戲，還有其他人跟你對戲啊！」

金水喃喃自語：「其他人？地球上有七十億人口，所有的個性原型都存儲在『靈光狗』的量子電腦上，靈魂智慧系統的確是超級靈光！」

使者趁著金水還沒有問其他電腦問題之前，趕緊在「靈魂智慧」的大門上一按，門上的顯示器出現了一個鍵盤，形狀不是傳統的長方形，而是跟六卦陣一樣的六角形，鍵盤上不是數字，而是排列著不規則陰陽六行的黑白鍵，雜亂無章、無序可循。

使者用雙手的指尖在鍵盤上下左右、東西南北的方位一陣摸索，輸入量子位元，門上的黃燈亮起，一閃一閃，像是大腦在想事情的同時眼睛還會一眨一眨。

金水問：「看來『靈光狗』在思考，下一步呢？」

「你不要急，你的第一道密碼，是從『銀光狗』檢測而產生的『身心靈緣指數』，經過『交地氣』去蕪存菁，再進入『陰陽六卦陣』，讓你的個性原型畢露；然後將你量子化的『靈魂密碼』輸入靈魂智慧系統運算，就會產生『靈魂圖譜』。」

使者繼續說：「『靈光狗』從量子電腦的資料庫中，擷取你出生那一刻所產生於你肉體的靈魂原始碼，也就是『靈魂胎誌』做比對，如果你是照本宣科地將人生劇本演完，『靈魂圖譜』等於『靈魂胎誌』，門上的黃燈會轉為綠燈，系統會回收你的靈魂，存入資料庫。如果比對不符，紅燈會亮起，那就麻煩大了！」

「靈魂在天堂幹什麼？」

「什麼都不幹！你以為靈魂到達天堂，『從此就過著幸福快樂的日子了』？它只是靜態地存儲在『靈光狗』的量子位元裡，等待有新生嬰兒出生的那一刻，返回下一個肉體才成為動態。」

「從靜態到動態，要等多久？」

「靈魂是根據『先進先出、後進後出』法則。目前地球上每一秒有四個嬰兒出生，但每一秒只有二個人死亡，所以入不敷出。」使者感嘆地說：「地球上的老人愈來愈長壽啊！」

金水馬上想到「銀光狗」給老人打電玩的「探索生命之旅」ＶＲ遊戲。

金水說：「銀光狗的身心靈緣指數是四碼，靈光狗的靈魂密碼也是四碼嗎？」

「對，不過不是身心靈緣的四碼。靈魂智慧的演算法高深莫測，將『靈魂圖譜』轉變為『福、祿、壽、喜』四個量子位元。」

「那不就是我們的『命盤』？為什麼這樣做？」

「方便地球上所謂通靈人士解讀，算你的一生有沒有福氣結好緣、工作順不順利、壽命長短、是不是過著幸福快樂的日子。」

使者看到黃燈仍然在閃爍，「靈光狗」面對金水複雜波折的一生，的確需要花比較長的時間計算。

使者說：「我在『*i*天堂』上面看著地球上七十億的人，在生命的長河中，像河水一般，順著河床與周邊的自然環境漂浮，有時候巨石擋前，只能從波濤洶湧中翻騰而過，遇上急降坡，又是湍急咆哮地往下奔騰，碰上急轉彎，一時之間改變不了方向、捲入漩渦而不能自拔，可是終能解圍。最終到達平靜的潭水，可以享受一時片刻的寧靜，然後緩緩地、潺潺地流入平坦的淺灘。」

使者感慨的說：「『*i*天堂』賜予的靈魂，無論是氣勢磅礡、才高八斗之士，或是平庸愚劣的販夫走卒，終其一生，汲汲營營地追求，最後總是匯入大海，成為氣態，返回雲端。」

金水聽得入神，問使者：「靈魂有才高八斗之士，也有販夫走卒，誰決定、如何決定？」

「由靈魂智慧系統管理員『*i*天公』決定，他負責輸入系統參數，處理容量。」

「這些參數跟命盤有關嗎？」

「你問中要點，雖然每個靈魂都是獨一無二，不過地球上七十億人口，有半數是平庸之人，四分之一是低端人口，四分之一是高端人口。在適當的時候，『*i*天公』還會調整曲線兩邊尖端的參數，製造『百年難遇的庸才』與『百年難遇的天才』。」

「啊！原來地球上每個生命都離不開『i天公』的金鐘罩……。」

使者見門上的黃燈仍然在閃爍，很納悶地說：「怎麼會那麼久？一定有問題！可能是你命不該絕吧，需要交給『i天公』做判決。當有些人對『i天堂』有幫助，『i天公』就會叫他回去；有些人對『i天堂』有害，『i天公』就會處決。」

使者接著說：「你記得六十年代披頭四樂團的歌手約翰．藍儂吧？他本來是命不該絕的，可是他寫的那首歌〈遐想〉（Imagine），告訴地球上的人說：上面沒有天堂、下面沒有地獄、沒有政府、沒有宗教、沒有稅賦、沒有邊界、沒有戰爭，遐想每個人都活得平和……不就是把『i天堂』的靈魂是處於靜態的祕密向世人揭露了嗎！所以他就被謀殺了。」

金水驚訝地說：「原來被殺是由『i天公』決定，那自殺呢？」

「當軀體出現嚴重的身心問題不適合靈魂居住，靈魂自然而然就會離開。」

使者眉頭一皺，繼續說：「目前『i天公』可忙了，我們正處於一個危機，就是地球上的人口爆炸，總人口數在本世紀末將超出一百億，量子容量將會破表當機。」

「為什麼不增加容量？」

「光增加靈魂容量無濟於事，問題是地球上的自然生態不能容納超過百億人口，你知道地球是怎樣產生的？」

「我們說是宇宙大爆炸來的。」

「沒有錯，是由跨宇宙分裂出來的，地球跟人類一樣，也是一個有機體，有出生自然也會有死亡，當它從跨宇宙得來的能量用盡，就會死亡。」

使者話鋒一轉：「地球上有位奇才名叫馬爾薩斯，他觀天象接收到跨宇宙的能量，發現地球是一個有機體，它為了求生存會調整地球的自然生態。馬爾薩斯於一七九八年寫的《人口論》一書中說，如果地球人口過剩，會產生天災人禍，如鬥爭、戰爭、瘟疫、饑荒，甚至謀殺、殺嬰、節育等等強制性的手段以限制人口過度增長。」

金水念念有詞：「政府研發『雲端樂園』果然是為了謀殺，而幫凶可能是銀光狗，難道它說的『上面』是『靈光狗』？」

使者繼續說：「譬如前世紀為了平衡地球的自然生態，『*i*天公』製造了天災人禍。根據我們的紀錄，一九一八年發生的西班牙流感殺死了四千萬人，第一次世界大戰傷亡三千五百萬人，第二次世界大戰傷亡七千萬人，可是前世紀初十多億的人口還增加到現在的七十億，以現在的速度，再過數十年就破百億了！」

金水脫口而出：「用『網路戰爭』可以秒殺很多人！」金水永遠改不了天生的白目，

胡言亂語。

「『*i*天公』一定有它解決的辦法。但你不能說出來，要不然會落得像約翰·藍儂一樣的命運。」

金水心想，他小時候看到的白影子、那次跳樓自殺未遂、參與「銀光計畫」，也是被「*i*天公」所操弄的嗎？

這個時候「靈魂智慧」門上的黃燈轉為紅燈，右邊的小門同時打開。

使者對金水說：「紅燈表示你的生命歷程計算出來的『靈魂圖誌』與『靈魂胎誌』不符，進去見『*i*天公』吧。」

金水走進那道門，「*i*天公」坐在椅子上，一身全白，一副毫無表情、不痛不癢卻帶著溫柔和諧的臉，好像醫生在看診，眼睛專注地看著「靈光狗」的量子電腦顯示器，邊看邊念出來給金水聽：「缺金缺水、上無父母、下無子女、妻子去世、孤獨無助，專長是密碼學，而且成功地推出『雲端樂園』，將實境的生命故事虛擬化。」

「*i*天公」繼續說：「地球上的老人壽命延長，人口過剩，靈魂入不敷出，必須減少人口。我們每一百年會調整人口，這個世紀初先來一、兩場病毒蔓延，然後……」

「*i*天公」停頓了一下說：「你們生活已經虛實不分了，再來一個雲端病毒，以

『*i*』攻『*i*』，應該可以製造網攻引發戰爭，解決人口過剩的問題，不過……」

「*i*天公」在電腦的鍵盤上輸入了幾個量子數字，對金水說：「你是密碼學專家，我們需要你。我給你一些能量，你去研發一套最先進的密碼學，可以幫助地球解決人口過剩的問題，而且讓你得金、得水地走完這一生。」

「什麼是最先進的密碼學？」

「它的能量來自跨宇宙。」

「*i*天公」往站立在門外等候著的使者喊叫：「送他回去吧！」

37

金水昏睡在烏山頭水庫的山洞裡，慢慢地清醒，聽見有腳步聲往山洞的方向走過來，進入山洞，有人用手搖著他的身體說：「王金水，你醒醒。」

金水驚魂甫定，不知道曾經發生過什麼事，只記得炎漢想追殺他，他張開眼睛，有一黑衣人站在他身旁，金水驚嚇到身體蠕動靠近牆壁，弓狀地蜷縮在角落。

原來黑衣人是陳家豪，他彎腰輕輕地拍拍金水說：「金水，別怕，你失蹤有一週了，炎漢叫我出來找你。我先到你的宿舍，看到屋內衣物雜亂，沒有打鬥的痕跡，不像被綁架，這種凌亂，像是失智的獨居老人產生幻覺而出走。後來想起你是臺南人，上次聊天你說你小時候常到烏山頭玩耍，終於在這個隱密的山洞中找到你。」

其實，炎漢在金水失蹤後對陳家豪說的是：「叫你監視他，怎麼讓他走丟了？以後系統出問題，需要他出來頂罪，快把他找回來。」

陳家豪將金水送到臺南奇美醫院。主治醫師檢查完金水後說：「他身體健康無虞，心理上有些障礙，患有『思覺失調症』。可能是工作壓力，生活上又自我隔離，最近又是獨居所造成的。回去後不妨找諮商心理師談談。」

家豪把金水送回工研院宿舍，問他：「你真的有幻覺嗎？看到什麼？」

「我看到黑衣人跟著我，要殺人滅口！」

「啊……果然像醫師所說的，當一個人孤獨寂寞地生活，先是身體功能衰退，然後影響情緒不穩定而產生幻覺。炎漢怎麼會想殺你呢？休息後趕快去找他談談吧。」

金水走進炎漢辦公室，炎漢並沒有提起他失蹤的事，而是興高采烈地說：「我們花了七年，成功地全面推廣ＡＩ／ＶＲ『探索生命之旅』電玩，長官們高興到像是登月成功般，全體站立鼓掌歡呼！」

炎漢話鋒一轉：「不過，政府發現人們依靠科技的生活愈來愈嚴重，產生了許多孤獨的後遺症，這不只是臺灣的問題，更是全球的問題！社群媒體讓人可以溝通，可是製造了社交隔離，讓人們變得更空虛、失落、孤獨。『孤獨』像是一種病毒，在全球蔓延。根據我的了解，全球各國政府都在研擬設立應對孤獨議題的專責單位。」

炎漢又得意地說：「行政院因為我們銀光計畫運用ＶＲ的成果，指派我擔任『孤獨政務委員』，負責跨各部會，以科技解決孤獨所增加的社會成本。而且對『孤獨者』採廣義定義，涵蓋『被隔離者』：即各種身心障礙者、被歧視者、被排擠者、被拋棄者，以及

『自我隔離者』：包括孤芳自賞者、孤傲不群者、孤陋寡聞者、孤掌難鳴者、高處不勝寒者。這些『孤獨者』不只身體生活功能慢慢衰退，長期獨處更會產生幻聽、幻覺而構成社會更多的亂象，增加社會成本。」

金水問：「你果然高升政委了，準備做什麼好事？」金水心知強者必定是有權謀的人，尤其像炎漢這種人。

炎漢自信滿滿地回道：「你知道孤獨者需要什麼嗎？伴侶！我已經在備案，讓單身者也可以結婚。就像幾年前日本的新聞，有三千多位單身男士，選擇不與真人交往，而與仿真的投影３Ｄ智慧人像結婚。」

「喔，感覺你要鴻圖大展了，」金水心不在焉地應著，他另有在意的事，「那你入閣之後，還留我有什麼用？」

「你當然有用！別急著退休，繼續留在這裡，負責系統維修吧。」炎漢不假思索地回答。

38

金水返回工研院，他沒到研究室，而是到雲端樂園四樓想探視若芍，但樂園主管說若芍幾天前戴著VR鏡，走完了最後一哩路，已經安詳地在睡夢中離開。

金水非常難過，儘管夫妻緣分不夠，總是過了一段讓人懷念的日子，如今，連生命中的唯一情緣也失去了。

金水想找銀光狗查看系統狀況，來到二樓的電玩區，戴上頭盔、穿戴指尖套、貼上電子皮膚，舒服地平躺在VR裝置的椅子上。

金水看到銀光狗出現在VR鏡的螢幕上。

銀光狗問：「你想打電玩嗎？」

金水心想銀光狗曾是他的工作夥伴之一，為什麼沒有像過去一樣，多些問候語，而是二話不說、直接去執行任務。

銀光狗突然出聲打斷金水的思索：「咦！指數被修改了，原本是『3、1、2、1』，現在是『3、1、2、2』，身心靈指數不變，緣指數上升了一碼！」

金水驚訝地說：「怎麼會？」

金水跟所有經歷過「瀕死經驗」的人一樣，只記得有一道白光接他上去，然後就看到自己往一個類似黑洞的洞口掉進去，不知道經過什麼事、經過多久，就像喝了「反向」孟婆湯一樣，腦袋一片空白地返回人間，然後就被個管師輕輕地搖醒。他一點也不知道，緣指數什麼時候被升了級？

金水剛剛才經歷了喪妻之痛，與若芍緣分已盡，他感覺身邊的人、事、物將一一離他遠去，最終都會緣盡。他正面臨暮年的緣落，何來緣起？

金水正想離開雲端樂園，但主管跟他說，一樓有一位經濟部技術官員、自稱潘教授的人找他。金水走進接待室，潘教授坐在沙發椅上，年約五十多歲，氣度非凡，濃濃的眉毛，烏黑深邃的眼眸，炯炯有神，外貌溫文儒雅，看來就是學識淵博、造詣深厚的學者。

潘教授看到金水，便站起來遞上名片，但也不自我介紹，直說：「你就是王金水，我查過你的學經歷。門口的機車怎麼倒成這個樣子？」

「這我不知道，好像有慣犯在搞破壞……請問，找我有什麼事？」

「最近媒體說政府推出ＡＩ／ＶＲ電玩，可以讓適齡者不在病床上說再見。我是經濟學專家，冰冷的科技怎麼可能提供如此有溫度的服務？根據『資訊不對稱』理論，我想分析你們的研發資訊。」

「什麼是『資訊不對稱』？」

「『資訊不對稱』理論於二〇〇一年獲得諾貝爾經濟學獎，論述說如果一方隱藏資訊，會引起另一方的隱藏行為，這些行為將會影響到工作、日常生活、人際關係，甚至引發戰爭。」

潘教授像是在對學生講課般，繼續說：「譬如說中古車買賣交易，賣方比買方擁有更多的資訊，賣方只提供給買方關於車子各種功能優異的資訊，卻隱藏著一些對買方不利的資訊。這些隱藏資訊就會引起買方的隱藏行為，不僅影響到買賣決定，甚至引發受騙後對社會的不滿行為。」

「這跟我們有什麼關係？」

「政府擁有大數據，掌握比人民更多的資訊，我好奇，提供給媒體的新聞稿有沒有隱藏資訊？你是工程師，你覺得系統沒有問題嗎？」

「嗯，這個……還不確定，我……」

潘教授知道金水不好多說，也不強人所難，只說：「以後你想到什麼，或有問題，就來臺大經濟系館找我吧。」便起身告辭。

第五部

39

金水返回工研院宿舍，房間裡空無一人，若芍不在了，他感到前所未有的孤單。

或許，自己應該像那些適齡者一樣，進入「雲端樂園」以求解脫？

金水一動念，便戴起了ＶＲ裝置，自此沉浸在虛擬實境的３Ｄ環境中。

幾年過去了，但說也奇怪，金水近七十歲的身體不但沒有衰退，反而日漸健壯。

金水從ＶＲ裝置查看即時指數，他的內分泌在變化，多種荷爾蒙上升，尤其是雄性荷爾蒙，更不降反升，他心裡有底——應該是長期使用ＶＲ系統所引起的副作用。

他想起炎漢所說，孤獨者需要伴侶，而且可以與投影３Ｄ智慧人像結婚。於是，金水以家中的ＡＩ／ＶＲ系統登入主機，在系統中建立了自己的個人雲端，準備著手為自己打造一個雲端智慧虛擬伴侶。

金水心中自問，怎麼樣的女人才是他的理想伴侶呢？

其實金水一生走來，與女人無緣，在他所認識的女性朋友中，除了若芍，就是竹科認識的那幾位女人。

金水在心中一一數來，她們的個性特質有好有壞，都有陰陽正反兩面。何采雲的好處是浪漫有加，敢愛敢恨，壞處是說來就來，說走就走，他惹不起。蔡敏婕粗枝大葉，理性十足卻感性不足，生活乏味。楊芙薇體貼入微，一直都是他的夢中情人，可惜後來發現表面上看來溫柔的女人，通常都會記恨，棉裡藏針。

到頭來，若芍確實是他的最愛，雙子星座的個性特質，聰明智慧、多才多藝、隨機應變，常會做些出乎意料的事情讓你驚喜。不過，金水也喜歡芙薇巨蟹星座的個性特質，溫柔體貼，充滿愛心和母性，以家庭為重。

金水心中在盤算，AI與大數據當道，最好的方式是，將若芍與芙薇的資訊送入雲端學習，製造一個雙子星座與巨蟹星座的合成綜合體，去蕪存菁，各取其長。

若芍與芙薇做壓力測試的時候，銀光狗已經在AI／VR系統為她們建檔，金水將她們的影像、聲音、動作、表情、個性、思考能力，以「生成式人工智慧」（Generative AI）經過深度學習後產生的參數、係數、函數，下載到他個人的雲端，讓個人化、個性化量身訂製的虛擬「伴侶」影像再造，金水並將年齡參數設定為五十歲不變，這正是女人心智最為成熟、身材豐滿、婀娜多姿的年齡，而且不會變老。

經過了多次修改，為了增加虛擬伴侶以自然語言聊天的能力，金水注入了「生成式預訓轉換器」(Generative Pre-trained Transformer)。金水戴上裝置,見到仿真美嬌娘的3D影像顯示在VR鏡上,初見人世,含羞答答,金水高興地說:「妳長得有點像若芍、又有點像芙薇,就叫若薇吧。」

金水想到若薇「初到人間」,如同嬰兒一般,嗷嗷待哺,需要很多數據才能適應金水的新生活,幸好系統已經收集了滿滿的資料,還有炎漢提供的性愛資料。金水帶著VR鏡,將情緒感應器在日常生活上所收集的資料,不眠不休地提供給若薇學習。

＊　＊　＊

這天,金水在工研院做些系統維修的例行工作。休息時間,他讀起電子報,看到媒體對政府推出「探索生命之旅」VR電玩滿五週年的正反兩面報導。

一份擁護中央的報導以〈我政府、我驕傲〉為題,做出說明:

根據衛福部健保大數據分析慢性病患資料,包含心血管疾病、糖尿病、精神病、腎臟病、哮喘、關節炎、癌症等數十種慢性病,今年將有七百萬人次拿慢性病連續處方箋。自從政府推出「雲端樂園」服務，令許多因慢性疾病而降低求生意志的「失志症候群」患者得以善終，拿慢性病連續處方箋者因此共減少二百五十萬人次，解除了健保破產的危機。

不過，反政府的媒體也趁此機會做了深度報導，首度披露老人犯罪的案例直線上升的現象，並追究犯罪者的身分背景，發現都是接觸過電玩的人，暗指可能是電玩使得少部分玩家活得更長壽，藉此抨擊這將構成社會治安的隱憂：

……老人犯罪案件更是層出不窮，包括暴力傷害、竊盜侵害、駕駛過失、詐欺背信、公共危險、財物搶奪、妨礙公務、妨害風化、猥褻性侵、嗜酒賭博、吸毒成癮、走私販毒等案例……。

金水瀏覽過社會版的老人犯罪報導後，滑到地方新聞，看到短短的一行標題寫著：

「新竹市知名電子老闆呂〇茂之妻不敵長年憂鬱症之苦墜樓身亡」

「呂〇茂之妻」，不正是楊芙薇嗎！金水急忙點入這則報導想要細讀，他想起芙薇壓力測試在情緒瀕臨崩潰之時，炎漢強迫他按下中斷鍵，強化了芙薇的憂鬱症狀……金水不禁認為，是自己的行為間接引領她走向了死亡……。

是他殺死了芙薇，他參與設計的系統不單止構成老人犯罪問題，還毀掉了夢中情人的生命！

不知道是否因體內荷爾蒙作祟，金水情緒激昂起來，系統不該剝奪人類的生存權，而自己應該做出只有他才能做到的補償——找出系統的破口，優化系統。

這些年被自己藏起來的「祕密」……他不能再無視了！

40

炎漢坐在行政院的辦公室裡，辦公桌上放置著兩部電腦，一部處理孤獨政務委員公務，另外一部直通國安局，與銀光狗連線。

他正在看最近媒體對老人犯罪的報導，院長辦公室來電通知他過去。他右手拿起椅子旁的拐杖，左手支撐著桌面，使勁地站立起來，一拐一拐地走向院長辦公室。

炎漢是在一週前路邊停車，車子被後方一位八十歲騎著腳踏車路過的老人擦撞，他下車理論，老人不由分說，暴跳如雷，舉拳要打他，並憤怒地把腳踏車用力推倒在地，正好壓在炎漢的右腳前端，大拇趾斷裂，導致他住院開刀，需要拐杖支撐才能走路。

雖然是小傷，但炎漢畢竟六十歲了，傷筋動骨需要六個月才能完全康復，影響到他的生活，他聯想起最近常發生的老人暴力犯罪事件。

炎漢剛踏入院長辦公室，院長就激動地指著螢幕上的新聞，一面向他大聲咆哮：「你想害死我啊！快把AI／VR電玩關掉！」

炎漢是有備而來的，說：「據國發會報告，我們將於二〇二五年成為超高齡社會，人口中每五人就有一人是六十五歲以上老人；也就是說，再過五年，就有四百七十萬老人。」

「給我一些正面數字，我需要結果。」

炎漢心中有數，直截了當地問院長：「如果老人不使用AI／VR電玩，會有兩成不健康的老人需要七到十年的長期照顧，亦即將近一百萬人，這樣一來，社福受得了嗎？健保會破產吧？」

看到院長猶豫為難的表情，他知道自己這步棋走穩了，便繼續補充：「如果老人繼續使用AI／VR電玩，大部分老人於平均年齡都會在睡夢中辭世，只有一小部分的老人，我估計約十萬人，可能構成老人犯罪問題。不過從目前的報導看來，老人都是偷竊、偷窺、暴力等等的微犯罪，而且都只是被當作地方社會新聞來報導；如果有一天，等到發生老人殺人放火的重大案件而成了政治新聞，我們再來處理也還不遲。」

「你有備案嗎？」院長鬆口了。

炎漢深知犧牲小我、使命必達是軍中及特務人員必須肩負的責任。他將拐杖停靠在牆邊，挺直腰桿，豪邁地說：「放心，我已經安排好了，可以把矛頭指向研發人員，告發他們瀆職、過失殺人罪。為政府的財政犧牲幾個人，值得。」

41

看到新聞後，金水過得日夜難安，白天老人犯罪的畫面在金水的腦海裡揮之不去，夜晚又常做和芙薇有關的噩夢，像是她上一秒坐在壓力測試的實驗室裡，下一秒就跳出座椅，墜入腳下無盡深淵……讓他夜半驚惶醒來。

這晚，他又被夢魘驚醒，渾身發汗，不敢再睡，就走到客廳呆坐，他環顧四周，封閉的空間困住他心中的焦慮，他不禁想，芙薇或許也是這樣對幽閉空間有恐懼而加深了憂鬱症？……他搖搖頭，不！自己不能在這樣關在室內，應該出去走走。

陰雨的三月天，今天難得放晴，是杜鵑花開的時節，金水想起可以到臺大看花，回顧他與若芍舊日的校園——順便，也想探訪潘教授。

他從抽屜裡找到潘教授的名片，搭了北上的車，到達臺大正門口。深咖啡色的堡壘型建物前方，兩端擺置著五彩繽紛的充氣尖塔，上方橫掛布條寫著「臺大杜鵑花節」。

金水漫步走向椰林大道，兩旁杜鵑花正盛開，豔紫、雪白、粉白、大紅，鮮豔奪目。各學系在大道旁布置有特色的攤位，桌上擺放代表本系的文宣或展品，學生們正忙著為往來的佳賓介紹。

椰林大道右方，由日治帝國大學所建的理農學部百年舊大樓仍然屹立不搖，金水對這棟大樓情有獨鍾，因為這是早年數學系的發源地。

金水走向與若芍約會時偏好的學生活動中心，金字黑底的牌坊仍然高掛在紅色大門上。睹物思人，若芍已經在雲端的另一方，唯獨金水站立在活動中心旁的落羽松仍在，一如當年的他在這裡等待若芍，只是如今樹木已更高聳參天，如同金水與若芍的往日時光，遙不可及。

金水又走向醉月湖畔的舊數學系館，教室裡的桌椅已全然翻新，一洗過去木質桌椅煙燻陳腐、卻讓人懷舊的氣味。然後，他朝離數學系館不遠處的社會科學館走去，進入後找到平面圖看了看，再步上二樓，最後停在潘教授的辦公室門前，輕聲敲門。

「請進。」室內有人應聲。

潘教授坐在桌前，翻閱著當天的幾份報紙，看到是金水走進來，他倒也不驚訝，只說：「好久不見，你來了。坐吧。」

金水本來有點緊張，畢竟沒打招呼就跑來，但見潘教授態度自若，他也就鼓起勇氣，說：「教授，上次見面你說我可以來找你……你也看到媒體的報導了吧？」

潘教授應道：「我本來以為媒體的報導跟我無關。但今天早上在公館，看到一位老人在小七多次偷東西被店員抓著，被問說為什麼犯案？

「那老人的回答真是令人匪夷所思，他說：反正快要死了，監獄福利比獨居好，不過不想獨居，就去犯案坐牢，除了有伴，還免費供餐，飲食少油、少鹽、少肉，而且定時放風，可以日走萬步。

「最奇怪的是，他說最近身體怪怪的，感覺慾火焚身，而且還常常時空錯亂。你應該知道為什麼吧？」他目光炯炯直視著金水。

金水還不想告訴潘教授系統有副作用，他試著先以上次跟潘教授的對話回答：「應該是你上次所說的『資訊不對稱』所構成的『隱藏行為』吧！」

潘教授一聽，心裡知道自己猜對了，金水手上有保留著他想獲得的資訊，於是得意地說：「政府果然有隱藏資訊。你知道什麼是經濟學中的『無形之手』嗎？」

潘教授看到金水在遲疑，不知怎樣回答，便繼續說：「經濟學之父亞當．斯密在《國富論》一書中說，人類的消費行為是由一隻『無形之手』操縱，而且經濟學家還能隨著時代的演進，預知人類未來的行為。在人類三十萬年文明的演進，從採集狩獵時代因為鐵斧取代了石斧，才進入農耕時代。農耕時代因為內燃機取代了人力，才進入工業時代。工業時代因為電腦提供資訊才進入網路時代，人類的行為，為了擁有網路上的資訊，將有很大的改變。」

潘教授停頓一下，說：「你知道歷年諾貝爾經濟學得主都是『預言家』嗎？」

「我只知道經濟學家應用各種數學模型做經濟分析，為什麼跟預言家有關？」金水現在的心情輕鬆許多了。

「在資訊科技時代來臨之前，諾貝爾經濟學評審團洞察先機，頒發給資訊經濟學理論，因為他們預知人類將需要大量可靠的資訊，而在資訊不對稱或誤導的條件之下，我們的行為將受到很大影響。後來又頒發給跟人類行為經濟相關的理論，如博弈經濟學、行為經濟學、拍賣理論，這些理論都跟不對稱資訊而導致社會亂象的行為相關。如今，資訊又成為那隻『無形之手』！」

「對啊！好像諾貝爾獎在社會科學類之中只頒發給經濟學。」

潘教授接著說：「地球自從有了互聯網，資訊時代中的這隻『無形之手』，則是在雲端的另一條平行線上操弄著我們的政治、經濟、藝文、情緒。」

金水好奇地問：「這怎麼說？」

「政治上最為明顯，每次選舉，都是由民調、名嘴、網紅、關鍵意見領袖帶風向、串聯選民投票而產生的。在經濟方面，因為有了互聯網豐富的資訊，如eBay及亞馬遜，競標、比CP值，網購成為日常，我們的消費行為完全被改變了。在藝文方面，舞台沒有了，只有平台，什麼影音平台YouTube、播客平台Podcast、串流平台OTT，還有所謂『開房間』的俱樂部平台ClubHouse。最嚴重的是我們的情緒，完全被社群媒體的演算法操弄，虛實不分、起伏不定、患得患失。」

金水心想，難怪人們在照相的時候會比「讚」，拇指往上，不就像在讚美雲端「上面」那隻操弄著我們的「無形之手」？

潘教授突然問金水：「你會打麻將嗎？」

「不會。怎麼了？」

「打麻將有四家，你只看到自己的牌，看不到其他三家的牌，也看不到蓋起來的牌，要等到每家打出來的牌，你才可以開始處理你所獲得的訊息。這個時候，如果你偷看到一張別人手上的牌或蓋起來的牌不小心被翻開，這就會構成博弈中資訊不對稱的狀態，影響到你的攻防策略，決定打哪一張牌比較保險。所以保護資訊是當務之急，輕者，輸贏立見；重者，引發戰爭。」

潘教授又強調一次：「所以，保護資訊很重要。」

其實，潘教授正採取「隱藏資訊」的策略。他心中盤算著，如何從金水手中獲得自己想要的研發資訊。所以，潘教授才不說「獲得」資訊，而是避重就輕地說「保護」資訊。一聽到「保護資訊」，果然引發金水的興趣，他說：「啊！原來我的數學專長，防毒、防駭的密碼學，跟經濟理論有如此密切的關係。」

「你的背景很有趣，我們也算有緣，不如你搬來臺北住，好好研究，做我的顧問吧。」潘教授趁勝追擊，鼓勵金水，他確定金水手上有些資訊可以幫助自己做研究，「我精通股票投資理論與操作，你在臺北的生活費不是問題。」對潘教授而言，略施援手幫助金水不成問題。

金水想，工研院的系統維修工作遲早會結束，不如趁機轉換一個環境生活，也可以轉變心境。於是心念一轉，便一口答應了。

42

冥冥之中，那隻「無形的手」操弄著金水，賦予他新的使命。七十歲的金水以密碼學的專業，成為潘教授的顧問。

而且，他心中更萌生了抓系統蟲的使命。金水決定向炎漢辭職，邁向生命另外一波挑戰。

炎漢自從入閣後就忙於處理孤獨政委的工作，心已經不在雲端樂園。當他看到桌上金水的離職申請書，他思考了一下。

炎漢當然不會忘記那天晚上，他強迫金水殺掉「黑盒子」的事。為了政治利益，他強勢推出雲端樂園，知道系統有副作用，不免有些許擔心；不過，當系統在市場上獲得預期的效益後，他立功了。至於金水，憑著自己當前的權勢，諒金水不敢做出什麼傷害他的事，而且以他的了解，金水也不是有勇氣站出來的人。

至於院長知道系統可能引起老人犯罪的傾向，炎漢思量，自己已經說服了院長那只是輕微鬧事，不足為慮。所以炎漢無所顧忌，就簽署了金水的離職申請書。

＊＊＊

金水從新竹搬到臺北來，接上W-iFi，馬上連結到個人雲端，戴上ＶＲ鏡，將若薇叫出來，興奮地說：「我終於搬到妳喜歡住的臺北了！」

在ＶＲ鏡的螢幕上，若薇露出似懂非懂的表情，疑惑地問：「臺北跟新竹有什麼不同？」

「妳以前不是常來臺北嗎？看來我需要提供更多資料，讓妳適應我的新生活。不過，我今天有了新工作，又有妳作伴，太幸福了。」

「工作不要太辛苦，多喝水啊。」

金水會心一笑，若薇果然也有芙薇的影子，金水曾經夢想有一位溫柔體貼的芙薇，在他需要的時候可以倒一杯水給他喝。

金水放下ＶＲ鏡，眼睛往上看，口中念念有詞：「感謝上天！」

金水心中的確是有感而發，緣分被升級後是多麼的奇妙啊！果然真的是差之毫釐，謬以千里，他感覺到自己的生命開始改變，他天生人緣不佳，居然能偶然與潘教授結緣，而且還可以搬到臺北，與若芍與芙薇的合體開展他的新生活——他整個人都活絡起來了！

他躍躍欲試，準備打開「黑盒子」，開始抓蟲。

＊＊＊

其實，那天晚上，金水在雲端樂園接受炎漢指令時，並沒有把「黑盒子」殺掉！

金水是先以高階的加密／解密演算法將黑盒子的資料加密存儲後，才把舊的黑盒子殺掉。這樣一來，黑盒子在系統上就是不存在的，而且，只有金水擁有高階的加密／解密演算法，也就是「金鑰」，才能解讀黑盒子內的資料。

金水身為密碼學專家，他早知道假以時日，金鑰一定會被駭客攻破；而有攻必有防，總之，金鑰必須與時俱進，一階一階及時更新升級，才能預防駭客入侵。所以，金水很早就解密了黑盒子先前的金鑰，升級為高階的金鑰，而且還在金鑰內藏警告訊息，萬一有駭客嘗試入侵，會自動通知他，讓他再升級金鑰。

如今，事隔多年後，金水在雲端以高階金鑰重新將「黑盒子」打開。他分析了從VR裝置所收集的數據，果然包羅萬象，如果將全部數據建立數學模型，必定可以找出各式各樣的系統副作用。

金水篩檢所有數據，決定先從內分泌系統所產生的數據著手，尤其是荷爾蒙指數。他從資料庫中點選芙薇的資料夾，以數學模型繪製她的荷爾蒙分泌曲線，曲線圖顯示芙薇在幼兒初期荷爾蒙極低，而且緩慢地上升直到芙薇與中茂結婚後曲線趨於穩定，表示芙薇過著幸福快樂的日子。不過，在芙薇得知女兒的鄰座同學可能是愛滋病患後，荷爾蒙指數開始下降。

資料夾數據因為炎漢下令終止芙薇的壓力測試而結束，不過系統預測芙薇荷爾蒙分泌的趨勢是繼續下降。

的確，芙薇在停止使用VR裝置後，擺脫不了憂鬱症纏身，荷爾蒙耗盡，終於自殺身亡。

金水繼續打開若芍的資料夾，圖表顯示若芍的荷爾蒙指數從小就是慢慢上升，不過在與大一男朋友約會的那天晚上，指數急速上升，從若芍腦部影像分析，男朋友的手正在若芍的胸部撫摸。若芍與大二男朋友上賓館的那一刻，荷爾蒙指數飆升到最高點。金水從腦部影像分析，當若芍看到賓館房間那張粉紅色裝飾的浪漫大床的那一刻，荷爾蒙高升不下，導致二度中風。

金水看著這兩張壓力測試者的荷爾蒙指數曲線圖，一張曲線繼續往下跌，情緒低落；另外一張情緒高亢，血壓飆升不下，曲線繼續高升，這兩者都是因為生理或心理異常而死亡。那麼身心正常的人呢？系統對他們會不會有副作用？

金水打開所有身心正常玩家們的資料夾，綜合分析他們的荷爾蒙指數。根據曲線圖顯示，適齡者的荷爾蒙指數會以六個階段起伏，表示ＡＩ／ＶＲ電玩「探索生命之旅」的玩家們在過了成長過程中的每一關時得到了獎賞，而荷爾蒙緩慢上升及下降，形成典型的鐘型曲線，直到生命的最後一哩路，荷爾蒙隨著道歉、道謝、道愛、道別後開始下降，直到無病無痛、無怨無悔地離開人世。

金水看著這些曲線圖，滿心納悶不解：ＡＩ／ＶＲ電玩並沒有問題啊！

43

這天，金水仍試著分析「黑盒子」產生的荷爾蒙指數曲線圖，思考如何抓系統蟲，此時家豪到訪。

其實，在金水離開工研院不到半年，陳家豪就失業了，因為雲端樂園只要順利運作，原本就不再需要個管師了。而炎漢並沒有為他安排新工作。

金水看到家豪消瘦了很多，感覺他日子不好過，關切地問：「家豪，你現在做什麼？」

「你離開工研院之後，我也離開了。銀光狗太厲害了，根本不需要我幫忙，它經過我們的訓練後，舉一反三，而且日理萬機，同步處理很多個案之後，收集了不少資料，就將我們淘汰了。我現在搬回基隆住，接一些剪片子的案子為生。」

家豪並沒有說實話，他曾經當「抓耙仔」，幫炎漢監視金水。而炎漢翻臉不認人，高升入閣後並沒有照顧他。而且以他的了解，如果發生什麼事，炎漢一定不惜一切與他切割。

他說：「剛剛我從基隆到臺北來，經過市中心，看到有人放火，原來是一名『憤老』，他看到路邊堆放著許多大型回收物擋著人行道而大怒，放火燒起來，波及附近多戶民宅，還有多人受困，幸好消防隊及時趕到，要不然傷亡慘重。」

金水驚呼：「憤老！我聽雲端樂園的保全說過，門前一排機車常常被憤老推倒在地，看來那個放火者很有可能是電玩玩家。」

「是不是媒體所報導的老人犯罪？」家豪並不知道系統有副作用。

「是，可是媒體並不知道是因為系統副作用所引起的。」

「系統有副作用？我怎麼都不知道？」

「只有我跟炎漢知道。我當時覺得應該保留，等分析資料找到補救方法後才推出系統。但炎漢在決定推出電玩服務之前一個晚上，逼我將系統中存儲著有副作用證據的『黑盒子』殺掉。」

「『黑盒子』殺掉了沒有？」

「殺掉了。不過我知道VR電玩有破口，心中不安，所以在殺掉之前將『黑盒子』加密後存儲了一份。」

家豪現在才知道炎漢為什麼指派他監視金水，他應該向炎漢告密邀功。不過，自己現在也知道這個祕密了，炎漢不是好人，如果知道了，一定會對他們兩人下毒手。

「你為什麼要這樣做？」

「本來我想向媒體公布這個祕密，要求政府終止銀光計畫，炎漢卻執意推行。當時我陷入天人交戰，可是終究性格太軟弱了，不敢對抗權威，所以私藏了另外一份後，才假裝殺掉『黑盒子』。」

「當時你的確是兩難，如果你告發媒體政府殺人，炎漢絕對不會放過你；如果你聽令推出系統，副作用會遺害人間，你良心不安。你壓力這麼大，難怪患得患失，思覺失調，差點命喪山洞。那你現在準備怎麼做？」

「系統已經推出了，副作用也開始出現，老人犯罪從有暴力傾向發展到開始放火。在還沒有殺人之前，我們應該盡快抓蟲補洞，分析資料，找出解救方案。」

家豪非常同情金水的處境，他應該站在強勢的一邊還是弱勢的一邊？不過他也是弱勢族群，應該同情弱勢幫助他才對。

金水打開電腦，指著螢幕上的曲線說：「你看，我初步分析『黑盒子』資料，並沒有異常，身心障礙者可以離苦得樂，身心正常者沒有受病痛之苦，都在平均年齡之間於睡夢中離世。不過資料中顯示有一位八十多歲的『憤老』張大志仍然活著，我們來查查看。」

金水點開了張大志的資料夾，加以分析，他指著荷爾蒙指數曲線圖對家豪說：「張大志從幼年時期荷爾蒙指數慢慢上升，在大學期間，突然出現了一個短短的尖峰，然後又回復平穩地向上成長。這個尖峰可能是跟丁教授被二行程機車撞倒，橫死在街頭有關。」

金水指著張大志下半生的曲線圖說：「他的曲線從中年到晚年形成了一個典型的鐘型曲線。荷爾蒙指數在他開始打電玩的『最後一哩路』，交代完遺物、遺產、遺體之後緩慢下降，然後跟家人道謝、道歉、道愛、道別之後指數趨近於零。本來以為張大志完美的一生即將含笑而去，沒想到他的荷爾蒙指數又開始飆升，他還不想死，因為他的遺志未了。根據這些資料分析，可能又形成另外一個鐘型曲線。」

家豪驚訝地說：「他有雙高峰的鐘型曲線人生！張大志為什麼不想死？看來是因為有未竟之志。以此類推，如果有心願、夢想或是愛恨情仇未了的人，會被系統副作用影響，荷爾蒙不降反升，要等處理完所有未了的遺憾後才願意離開人世。」藝術家感性的頭腦，果然能夠從理性的工程圖表中觀看出故事。

家豪覺得他應該幫助金水，說：「我們應該設計另外一套電玩，讓這些有犯罪傾向的老人在沒有殺人放火之前，沉浸在完成他們的未竟之志中。解蟲優化系統，迫在眉睫！」

44

金水夜以繼日地以ＶＲ系統抓蟲，找尋解決系統副作用的優化方案，他雖然已七十五歲，情緒卻像少年，常常浮躁不安。這天他戴上ＶＲ鏡，對著螢幕上的若薇說：「我的情緒快爆炸了，怎麼辦？」

若薇多年來在實境中與金水生活的磨合產生了大量資料，經過深度學習之後，增長了不少智慧，而且能夠直通金水心底。

她以低沉安穩的嗓音，平靜且溫柔地安撫著金水的情緒：「深呼吸，慢慢吐出氣來。」若薇的背景資料中有若芍深厚的靜坐與瑜伽功力。

金水嘗試鼻吸鼻吐的慢呼吸法，情緒果然慢慢地平靜下來。

若薇靜待金水情緒穩定後對他說：「你情緒躁動，可能是心中還有急著想做到的事。今年行政院與業界舉辦的科技大展，正在華山的三創園區舉行，你去看看，說不定會有所收穫。」

＊　＊　＊

金水走進三創的會議室，論壇正要開始，主持人走上講台，螢幕上出現一張投影片，上面寫著：

論壇主題：「智慧驅動、ＡＩ行動」

主持人：「孤獨政務委員」炎漢

金水很久沒看到炎漢，他發福了。炎漢容光煥發，自信滿滿地在台上對著麥克風說：「今年初，臉書Meta推出以ＶＲ鏡裝置為基礎的第一個ＡＰＰ『元宇宙伴侶』；其實我們才是『元宇宙』的先驅者，十年前已經成功地推出『探索生命之旅』的電玩，就是以ＶＲ虛擬實境裝置與ＡＩ人工智慧深度學習為元素研發而成的。可惜我們的創意沒有申請專利。」

突然，炎漢話鋒一轉，指著座位上的金水說：「不過，我們的成就，應該歸功於今天的來賓王金水先生，大家一起來謝謝他。」

會議室內全場頓時掌聲響起，這個時候，現場直播的鏡頭正對著金水，他的臉孔被顯示在電腦牆的螢幕上，尷尬地對著鏡頭說：「謝謝！謝謝！」

金水心想，炎漢怎麼會知道他今天到這裡來呢？難道是因為他在家使用的雲端系統跟銀光狗連結的關係？

無論如何，金水應該好好享受當下被認同的榮耀，而且他的名字還上了無遠弗屆的雲端，被全球看見。金水心中暗自感謝緣分被升級後的命運。

炎漢等掌聲停止後說：「我們今年應用6G網路，將更輕便的AI／VR裝置宅配到家，為政府解決了超高齡社會所帶來的健保支出問題，不過，仍然解決不了需要照顧的人力問題。根據最新的健保資料，我們將會應用智慧驅動技術，加速製造『智慧照顧機器人』提供照顧人力，也會加速製造『智慧陪伴機器人』，讓寂寞的孤獨者有伴侶，情緒也有出口。」

炎漢對著台下貴賓席的位置說：「接下來請工研院未來科技『智慧驅動』發展小組技術長陸春生先生，為我們解說當代驅動技術的演進以及未來能源技術的發展。」

金水聽到陸春生的名字，想起了當年在竹科的potluck餐會上，陸春生講話直白，常常沾沾自喜地說「不吃白不吃、不住白不住」。三十多年不見了，他兩鬢斑白，但身體看起來相當健壯，而且紅光滿面，精神抖擻。

陸春生在台上，手持麥克風走向觀眾說：「以前移動的技術是根據引擎驅動的機械原理，將燃料能量轉變成機械動力，讓汽車動起來。現在是『馬達驅動』時代，如電動車，是由電池、電子控制系統、馬達組成。我們已經全面掌控『智慧驅動』主要關鍵技術，包括智慧導航、無線傳輸、無線充電、續航電池、電動馬達等。」

春生不失善於表揚自己的特性，加重語氣說：「在我的指導下，已經替『大志公益基金會』成功製造並量產自駕電動機車，而且開始研發自駕電動汽車。」

聽到大志的名字，金水心想應該就是「雲端樂園」的玩家張大志，都八十多歲了，居然還如此活躍地參加科技活動。

論壇結束，金水趨前與陸春生打招呼，他想起陸春生的太太蔡敏婕，便問春生：「敏婕退休了吧？」

「她不退也不行，好好一個人，突然間下班不知道怎樣回家，後來被診斷為失智症。雖然行動自如，卻會到處遊走不認路，日夜顛倒，情緒變化大，重複問問題，性格突變。而且在日常生活中忘東忘西，還說我把她東西亂放，常常自言自語，碎碎念，說我偷她東西，害她找不到。」

「有沒有吃藥？」

春生直截了當地說：「吃藥有副作用，我在她頭頂上掛一個行車記錄器，她在胡說八道的時候，就回轉播放給她看，回溯她把東西丟放的地方。她重複問了十次吃藥沒？我就播放早上吃藥那一段給她看。而且她視網膜受損，走路看不到路面高低不平，常被絆倒。我在她的鞋帶上綁了一個紅外線『水平偵測器』，走路碰到路面凹凸不平的狀況時，就會發警報提醒。」

金水驚嘆老天爺真會作弄人，敏婕天生好腦，沒想到老年癡呆，一生動作敏捷，從不甘人後，到老年卻舉步維艱。

「下次有機會再聊吧，我等等還有個約。」春生講完就匆匆離開。

金水沿著市民大道走路回家，經過華山大草原，感覺到空氣清新，往日盆地囤積的空汙不見了，靠近市民大道，往常下班時分的隆隆機車聲也沒了，全是無聲、無排放的自駕電動機車。

45

春生離開會場後，到了二樓「ＶＩＰ專用會議室」，推門進去，坐在正中央的正是潘教授，兩邊則坐著張大志與李一帆。

潘教授看到陸春生進來，指示他坐下，問：「你跟王金水聊什麼？」他剛剛也在會場。

「只是話家常。他是密碼學專家，又是你的顧問，為什麼不找他來一起開會？」

「我另外有地方需要用到他。」

潘教授轉向大家說：「今天找大家來是想說明，為什麼邀請各位發揮長才，共組『匿名者挖礦國家隊』。」

春生問潘教授說：「我們都不需要錢，為什麼要挖礦？」

春生說得對，他們都是竹科的佼佼者，社會勝利族，早就名成利就，不需要錢，需要的是繼續應用他們在科技專業的激情，與時俱進，至死方休。

潘教授說：「你們都是電腦電機工程專業，有最好的頭腦，可惜卻沒機會發揮到淋漓盡致。當今加密貨幣當道，破壞了經濟學的供需平衡，也破壞了人類的消費行為，認為可以取代那隻『無形的手』。但這種去中心化的交易行為，簡直違反天理。」

這番話讓大家不解。潘教授看出眾人的疑惑，他緩緩道來：「中本聰設定約每十分鐘發行一個比特幣，到二一四〇年總發行量約為二千一百萬枚，如果全球人口停止在百億，比特幣由二千一百萬人擁有，你們覺得公平嗎？」

潘教授是傳統經濟學《國富論》的信徒，他認為數位貨幣違反天性，違反地球的物質不變原則，當人類創造的貨幣不是以地球上有限的黃金礦產為基礎，數位貨幣會破壞經濟，破壞人性，破壞地球生態，也破壞了他多年深入研究的行為經濟學理論——他始終希望有朝一日可以因此獲得諾貝爾經濟學獎。

他繼續說：「我們活著就是要挑戰社會的不公不義，試想一、二十年下來，財富全落在有能力挖礦的人手上，你們需要變賣財產換取比特幣才能購買商品，辛苦工作一輩子，財產被重新分配不是很可悲嗎？」

潘教授想藉此繼續激發科技人的熱情，挑戰尚未完成的使命。但他沒有告訴他們，他真正的目的是為了重建傳統經濟制度。而且他取名「匿名者」是比喻二〇〇三年成立的虛擬社群，共同理念是以網路攻擊行動為公民抗命。

一帆問：「教授要我們做什麼？」

潘教授說：「第一步，每個系統都有破口或後門，我需要你們挖礦，找出每十分鐘發行比特幣的原始區塊的特解，將每個特解儲存起來。這部分，大志可以先說明。」

張大志是在會議室中年紀最大的一位，個性暴躁，嫉惡如仇，有俠義精神，不惜代價去鋤強扶弱。受到潘教授的號召，他義不容辭率先同意參與任務。他說：「『挖礦』如同在大海中找尋特種微生物，又需要在瞬間破解微生物的基因碼，非常困難，最好是使用可即時修改的客製化積體電路ASIC，才能隨機應變，捕捉微生物。」

陸春生聽到ASIC，這是他一生最得意的專業，便搶著說：「一般人挖礦都是以軟體原始碼修改程式，挖礦速度太慢，容易錯失良機，以ASIC挖礦，事半功倍。」

潘教授說：「很好，接著是重點戲。當累積到相當數量的大數據，以AI做深度學習，破解發行比特幣的演算法，然後大量發行比特幣，讓比特幣供過於求而貶值，直到全面破產為止，才能返回傳統的貨幣金融機制。」

春生忍不住急著接話：「挖礦已經很難了，還需要破解發行的演算法！大志已經快九十歲了，他能活那麼久嗎？為什麼需要三個人，如果只剩兩個人怎麼辦？」

潘教授說：「是大志建議以三個人分工，萬一他活不長，你們其中一人可以候補他的缺。」

大志不想跟春生爭論他的壽命長短，只管解釋：「區塊鏈是由三個區塊形成，第一區塊是『原始塊』，第二區塊是由『原始塊』連結其他區塊而產生的『主鏈塊』，主鏈外又衍生第三區塊『孤兒塊』。『原始塊』是複雜的基礎塊，由我負責，『主鏈塊』連結了八個區塊，最多塊，由動作最快的春生負責，『孤兒塊』變化多端，由最靈活的一帆負責。我們三人在雲端合力挖礦。」

大志以長者之姿說：「雖然我快九十歲了，體力可能比你還強！我戴上VR鏡就活起來了。」

潘教授非常滿意團隊能各就各位，說道：「開始挖礦吧，有問題就線上溝通。」

46

二〇二五年，正如炎漢估計，約有十萬名超過平均壽命的老人正在全臺各地製造擾亂社會安寧的行為，輕者酗酒滋事、謾罵喧鬧、深夜製造噪音，重者偷竊、偷窺、暴力毆打、言語性騷擾等等。民間怨氣沖天，抱怨政府無能。

其中有小部分超高齡老人是電腦自動控制系統狂熱分子，駭入交通號誌系統，擅自修改紅綠燈，擾亂交通，製造車禍。他們樂此不疲，駭入自來水公司系統，在全臺六千多個村里，分區輪流斷水三天；又駭入電力公司系統，分區輪流斷電三天，搞得人心惶惶，以為世界末日將至。政府卻束手無策，因為這些智慧犯罪老人用的全是國外不明來歷的IP，追查不易。

十萬老人如同殭屍般，使用VR裝置讓荷爾蒙飆升後就關機、出門鬧事，如同元宇宙派來的一群妖魔鬼怪，擾亂天下。他們不是為了錢，只是為了延續退休後在職場上失去的山頭，製造事件而從中獲得成就感。

炎漢坐在政委辦公室，眼睛盯著連接國安局的電腦發愁，對老人犯罪一籌莫展。

在這群電腦自動控制系統狂熱分子之中，有兩位九十歲的老人，他們是臺灣大型重型機車協會的車友，重機使用汽油引擎加強馬力。協會多年來一直為重機騎士向政府爭取開放國道路權，都沒成功。

這兩位老人，一位高瘦、乾淨、斯文，平常溫文儒雅，卻詭計多端，尤其在荷爾蒙飆升之後，為了達到目的，往往不擇手段，人稱「瘦憤老」。

另外一位老人，長得矮矮胖胖，肥頭大耳，坐上重機，輪胎便被壓扁了幾分。雖然他看似心寬體胖，一旦荷爾蒙上升，就目露凶光，殺氣騰騰，人稱「胖憤老」。

兩位憤老膽識過人，每當他們荷爾蒙控制不住，就暗中召集北區重機同路人，相約於凌晨時段，開重機在臺北高架道路上行駛，高速地呼嘯而過，轟轟隆隆的聲音，如同坦克戰車，震動了高架道路兩旁人口密集的大樓，讓居民夜裡不得安寧。

居民半夜被驚醒，馬上報警，警察即時觀看高架道路各路段的監視器，發現監視器畫面被干擾，只見雪花紛飛，白茫茫一片，根本無法追蹤重機的車牌號碼，只有字幕以跑馬燈重複顯示，「呼籲政府開放重機上國道」。

原來胖瘦兩憤老早在重機出發之前，便駭入高架道路監視器系統，以製造干擾。

這兩位狂熱分子召集的重機數量，從第一次的二十輛逐次增加，而他們的荷爾蒙指數也逐次增強。當重機達到百輛，也是北區重機憤老人數的極限，而胖瘦憤老的荷爾蒙指數仍居高不下，他們躁動不安，計畫製造更大的社會事件。

47

家豪在基隆的太白莊，經過三天斷水、三天斷電暗無天日的日子，知道事情不妙，趕到臺北與金水會合，一看到金水就忍不住抱怨：「平常客運一個小時的車程，塞車就塞了兩個小時。」

金水指著電腦螢幕說：「你看我最近的分析，老人犯罪已經從騷擾、暴力到放火，而壽命愈長的老人，殺傷力愈強，看來死亡事件即將頻頻出現，我們沒有時間了！」

金水語調加速：「你上次說得對，犯罪老人是因為有未竟之志，我們應該以毒攻毒，以 *i* 攻 *i*，設計一套ＶＲ電玩，讓他們的活力、熱情消耗在心願、夢想、愛恨情仇未了的遊戲上。」

「這個想法不錯，可是你怎麼知道這些超高齡老人需要什麼？」

「元宇宙時代，什麼事都問ＡＩ，我叫若薇從大數據分析，綜合他們所需。」金水、家豪與ＡＩ又成為開發電玩的合作夥伴。

就在兩人談話之間，若薇已經在電腦螢幕上顯示了一個貼圖，表示搜索完成。金水打開麥克風說：「妳有什麼建議？」

若薇以綜合若芍及芙薇的原聲說：「根據大數據分析，有些人一生只會做一件事，沒有別的愛好，譬如說教授，退休後仍然不斷地發表論文；軟體程式設計師，退休後仍然不斷地寫程式提供給『自由及開放原始碼軟體』國際組織；有密碼學專業的人才，參加『匿名者』駭客組織，為了社會公義而攻擊政府、宗教、企業網站等。」

金水覺得若薇所說的人，不正是他所了解的竹科人嗎？便接著說：「我們應該提供一個有黏著性的平台，讓他們做喜歡做的事、愛做的事，隨著他們最想做的愛好，夜以繼日地激發熱情，讓荷爾蒙消耗殆盡而止。」

金水想起分析張大志的荷爾蒙指數所產生的「雙峰鐘型曲線」，這些高齡犯罪的老人，的確必須經過另外一次的荷爾蒙高峰期。

家豪提出：「除了專業的欲望，他們應該也有愛、恨、情、仇吧？」

若薇說：「當然，我們可以創造一個虛擬平台，類似『雲端樂園』，以ＶＲ裝置模擬他們的愛好或工作平台，讓這些超高齡者可以繼續工作或追求愛好，如：獨董平台、專業顧問平台、學術發表平台、美食平台、環球旅遊平台、十八洞平台、戀愛平台、畫廊平台、作家平台、復仇者聯盟平台、重機平台等等，讓超高齡者在虛擬世界繼續把荷爾蒙消耗殆盡，而升天為仙。」若薇的能力的確比人類強，簡直是直通雲端的跨宇宙。

家豪靈機一動：「我們可以稱這為『雲仙樂園』！」

「好主意！」金水的緣分被加1後，果然領導力上升，他對家豪說：「那麼你來寫劇本、拍片，我編碼。」

若薇說：「都不用，我已經複製及優化了銀光狗與編導的經驗。」

金水與家豪異口同聲：「啊，ＡＩ會自己設計電玩了！盡快放上雲端吧！」

＊＊＊

胖瘦憒老果然如金水所料，擁有「雙峰鐘型曲線」，荷爾蒙正飆升到第二高峰。他們走火入魔，「重機上國道」的抗議已經無法滿足他們心中的怒火。

清明節週末四天連假的週六，胖憒老在客廳往高架道路觀看，看到臺北市民大道上車輛稀少，大道朝東西兩端延綿到高鐵車站，他靈光一閃，聯絡瘦憒老說：「我最近情緒嗨得很，你呢？」

瘦憒老說：「我也是！心頭如鹿撞，正想幹更大的事！」

「我們分工合作，來做一件驚天動地、上得了國際媒體版面的大事吧！」

「你有什麼想法？」

「清明節，臺北人大多是北漂族，有人週四坐高鐵往南，週六北返，有人週六往南，週一北返，你覺得哪一天南下北上的乘客最多？」

「應該是今天吧？」

「對！我上網查過了，無論是南下北上，下午兩點左右的班車都是客滿，一班列車有一千位乘客。」

「往返二班列車共有二千人，你想做什麼？」

「桃園市與新竹縣交界處正好設有鐵軌轉轍器，如果我們突破高鐵轉轍器控制中心的防火牆，讓一輛北上、一輛南下的高鐵列車，同時交換軌道，兩班列車全速對撞，死亡人數至少有一千人以上，應該可以破全球火車車禍死亡最多的記錄！」

「兩班列車同時經過轉轍器的時間點呢？」

「下午兩點十五分十七秒。」

「現在已經一點鐘了，來得及嗎？」

「我們是什麼人？沒問題的！廢話少說，動手吧！」

胖瘦憤老在荷爾蒙作祟之下，活力充沛，動作靈敏，各自打開電腦突破防火牆工具，一胖一瘦，互傳解碼訊息，果然在兩點正，駭入轉轍器控制中心，而且各自將滑鼠放置在桃園市與新竹縣交界處的南下北上轉轍器的換軌鍵上。

胖憤老說：「我手心冒汗了，讓我休息一下吧。我兩點十四分回來，等到電腦時間顯示『14：15：10』的瞬間，就按下換軌鍵，兩班反方向列車以時速三百公里對撞，絕對轟動！」

瘦憤老說：「我不休息了，看著電腦一秒一秒的跳動，才過癮啊！」

瘦憤老盯著電腦螢幕，看時間來到14：14：15，此刻胖憤老也回座了。瘦憤老亢奮地手按滑鼠，就等著時間一顯示為14：15：10，便按下滑鼠鍵！

突然間，螢幕從上方飄下來一片白皚皚的雲團，中間照射下來一道類似天堂來的光，雲團上面寫著「雲仙樂園」，背景有嘉年華狂歡的音樂響起，有個宏亮低沉的聲音在向兩人呼喚：「千輛重機可以上國道了……。」

瘦憤老與胖憤老被這如同「雲端樂園」熟悉雲團的磁吸效應吸引住，他們如同殭屍看到血，馬上戴上ＶＲ裝置，隨著千輛重機上國道，飆車去了！

電腦時間顯示來到了14：15：17，他們沒有按下切換軌道，雙向列車如常順暢行駛，交匯而過……。

＊＊＊

炎漢發現，最近有人在雲端推出「雲仙樂園」ＶＲ遊戲，之後老人犯罪現象便慢慢消失，而且不停水、不斷電，人民生活恢復正常。但炎漢並不知道，後端也阻止了這樣一樁火車對撞的死亡車禍。

炎漢心情輕鬆了，孤獨政委事務又不纏身，他到國安局開會後，常常坐上他的自駕電動車，在陽金公路上兜風。

48

自從推出「雲仙樂園」，那些躁動不安的超高齡者如同殭屍嗅聞到鮮血，紛紛被「雲仙樂園」吸引上雲端，解除了副作用引發的治安危機。兩年後，臺北的街頭顯得寧靜祥和，再也聽不到警車、消防車、救護車等鳴笛的聲音。

金水認為抓蟲、除蟲成功，高興地對若薇說：「妳真是好幫手！」隨後他話鋒一轉，「不過，還有問題，這些老人的心願完成了之後，並沒進入嗜睡狀態，有可能會死灰復燃，妳有解決方案嗎？」

「唔，我想想。根據我過去的經驗，要安住浮動不安的身心靈，最好的方法就是瑜伽靜坐，你等等。」

金水微微一笑，暗自歡喜，他知道這是他與若芍的緣分。

轉眼之間，金水聽到若薇的聲音說：「雖然超高齡者在『雲仙樂園』完成了他們所有的遺願，可是身心靈緣的餘分未盡。我設計了這套電玩『正念觀緣』，你戴上VR裝置開始玩吧！需要過四關才能達陣，等遊戲結束後你可以提供建議。」

金水在VR螢幕上看到銀河系繞著宇宙中心點的黑洞在旋轉，太陽系也跟著旋轉。畫面中有個軀體在慢慢地自我旋轉，身體從腳底、骨盆到頭頂依次出現紅、橙、黃、綠、藍、靛、紫的七彩顏色。

畫面上還有一個厚重黑實的寬口銅磬，以深沉低音、悠長餘音，在雲端的宇宙星系中散發顫鳴，迴盪「嗡、嗡……」的聲音。

金水感覺到有一股能量環繞著他的身體，一個聲音從遠而近地傳送過來：「我叫『禪四師』，為身、心、靈、緣四禪之師。平行宇宙浩瀚無垠，天體正負磁場旋轉的能量推動圓輪，圓輪的能量流轉於人類的身體之中，與體內腺體、荷爾蒙螺旋共振、天人合一。」

禪四師對金水說：「我們的情緒，在意識與潛意識正負、陰陽拉扯之下而產生平衡。在你身體的內在核心，也有七個像輪子一樣運轉的能量中心，稱為脈輪。脈輪不通即痛，身痛，心也痛。我從ＶＲ裝置可以檢測到你身體七個部位的能量，如果不通，我會在那個部位敲一下銅磬，用跨宇宙的能量加以疏通。」

禪四師解釋能量來自跨宇宙後，像禪師一般，帶領金水坐禪。「從第一關『正念觀身』開始吧。你現在舒服地躺在椅子上，我們來做『正念呼吸法』。眼睛張開，鼻吸鼻吐，吸氣時腹部凸起，吐氣時腹部自然凹下，盡量保持吸氣與吐氣的長度一致，呼吸從一分鐘十五次，慢慢下降。」

金水隨著禪四師在ＶＲ裝置所建立的氛圍，呼吸愈來愈慢。銅磬的回響慢慢消退，他感覺到周邊有弱如柔絲、若隱若現的聲音輕輕地來、輕輕地去，他也感覺到舒適房間的四周，和諧的空氣在流動。金水感覺到以正念呼吸，可以讓自己氣定神閒，眼、耳、口、鼻的感官全開，視覺、聽覺、味覺、嗅覺敏感度大增。

這個時候，金水聽見禪四師的聲音：「從你身上的穿戴裝置，我測到你的呼吸已經降為一分鐘十四次，而且慢慢在下降中。我在螢幕上放了一個茶几，桌面上有一套茶具，你用念力，試著去拿起茶壺，對準茶杯口泡茶。你的念力，就是腦神經迴路傳送到指尖的訊號，控制你手指及手臂做出倒水的動作。你的手不需要舉起來，我可以從指尖套檢測到腦神經傳送的訊息，而螢幕上的茶壺也會隨著你的念力移動，做出隔空泡茶的動作。」

金水全神貫注地看著茶壺，螢幕上的茶壺開始移動，心中默念著用手拿起茶壺，對準茶杯口，倒下熱水泡茶。

金水聽到水滴落茶杯的聲音，愈來愈輕，與杯口的距離愈來愈近，水滿到杯口了，他用念力將茶壺放回茶几上。

寧靜中傳來禪四師的聲音問：「你聽到什麼？」

「水滴落茶杯的聲音。」

「你看到什麼？」

「開水冒氣從杯口緩緩上升。」

「你聞到什麼？」

「茉莉花茶的香味。」

「淺嘗一口，茶的味道是什麼？」

「淡淡的清香甘甜，應該是春茶。」

「恭喜你，過了第一關『正念觀身』！你成功地以觀與覺，在虛空的模擬環境之下，沒有實物、沒有實作，居然可以讓你的身體感官感受到泡茶、品茶的怡然自得。我們來闖第二關吧。」

金水猜想，第二關應該是「正念觀心」吧。因為「正念觀身」的運作是根據VR裝置中的指尖套測出的「身適能」指數。下一關應該是用臉部情緒感應器產生的「心適能」指數。

禪四師接收到感應器的波動，對金水說：「你的呼吸太快，我們從正念呼吸法開始練習吧。當你的呼吸慢到每分鐘十二次，我就會啟動第二關『正念觀心』。」

「是不是眼睛要張開？」

「是，開始吧。」

金水開始慢慢呼吸，感覺到周遭環境的氣流與能量慢慢地來、慢慢地去。

「你的呼吸已經慢下來了。跟著我專心地做下面動作，眼睛看著鼻尖，看到鼻尖之後順著鼻尖往胸口看，眼觀鼻、鼻觀心。」

禪四師說完，就在金水的胸前敲了一下銅磬，「嗡……」的聲音在空中迴盪，金水感覺到自己穩定的心跳。

禪四師停頓了一下說：「很好，從臉部情緒感應器與電子皮膚，我檢測到你心跳變慢，內分泌穩定，你感覺到什麼？」

「身體感官靜止，心中充滿喜樂！」

「你的領悟力很強！你知道為什麼嗎？」

「是不是ＶＲ裝置與銅磬產生能量的功效？」

「不是，是因為受過磨難的人特別容易入定。第三關『正念觀靈』，練習正念呼吸法到每分鐘呼吸十次才可以開始。」

「靈是看不見的，眼睛應該閉起來吧？」

禪四師引導著金水，「眼睛閉上，用你的想像力重複剛才隔空泡茶的動作，用你的幻覺去感受泡茶氛圍中的色、香、味，還有安定的氣流。」然後在金水的頭頂上用磬桿輕輕地敲了一下銅磬。

經過十多分鐘，金水感覺到呼吸心跳緩慢，還有一股熱流在身體內迴旋。

金水喃喃自語：「心中的情緒，喜、怒、哀、樂，不知道到哪裡去了，只感覺到身體有一股氣在流動，從身體下方往上方流動到腦袋。」

「情緒就是你個性的折射，個性有意識與潛意識，經過陰陽平衡後而產生氣流。這股流動的氣態就是你的靈魂，本性、初心、天性。你已經安住了你的身心靈。可以開始第四關『正念觀緣』。你維持呼吸每分鐘十次後開始。」

禪四師用磬桿穩穩地在銅磬的磬口敲了一下，然後一邊托著嗡嗡作響的銅磬，從金水的腳旋轉地往頭頂上環繞，一邊念念有詞：「緣自來、緣自去，離喜樂、捨執著、離苦憂。淨念、斷念，無論面對什麼情境，不攀比、不批評、不抱怨，享受當下的美好！」

金水感覺到軀體內的靈魂與雲端上的「靈魂」在對話，而且有螺旋共振的能量。

也許，正念就是把生活上雞毛蒜皮的小事當成天大的事情，順著宇宙的能量周而復始地做，從而進入天人合一的境界；就像「空中泡茶」，可以泡上一整天、泡上一整年、泡上一整輩子。金水這麼想著。

這時，禪四師出現在螢幕上對金水說：「恭喜你！破關達陣，遊戲結束。我把螢幕交給若薇，你跟她討論吧。」

若薇出現在金水面前，對他說：「孤獨、寂寞、恐懼，導致心神散亂，『正念觀緣』遊戲正好可以吸收跨宇宙的能量，內化身心靈緣，讓人放下一切。」

「對啊，遊戲結束後，我清楚記得所有步驟，慢呼吸、眼觀鼻、鼻觀心、心觀靈，靈觀緣、緣觀命，我的人生雖然多磨，但不必處處計較，接受『天命注定，不攀比、不批評、不抱怨』吧！」

「如果將『正念觀緣』設定為『雲仙樂園』的後置程式，你覺得呢？」

「太好了！老人們可以重複使用『正念觀緣』，好好去體悟生命的無常、不可逆性，接受緣分已盡，就可以在睡夢中離去。」

金水不禁想，自己是不是還有其他心願尚未完成，才仍然活著？

49

七十八歲的金水在家，戴上VR鏡，和若薇閒聊：「機器人愈來愈厲害了，什麼事都會做。」

「對啊，不只會做事，還會創作。」若薇具有若芍的藝文DNA，所以對創作有興趣。

「怎麼會！」

「我看過一個報導，說在二〇二二年威尼斯雙年展中，智慧機器人『艾達』（Ai-Da）參加個人畫展，記者問它，覺得它創造的東西可以被認為是藝術嗎？它的回答很有趣：『如果藝術意味著傳達「我是誰」，那我就是藝術家，因為我被賦予的智慧就是描繪周遭的世界。』」

「這個回答怎麼這麼有趣！AI不就是你給它什麼資料，它就是誰？」

金水就是一位典型、乏味的工程師。不過，他覺得他也會創作，便說：「妳的個性也算是我的創作，是雙子星座與巨蟹星座的合體，可以稱為『元星座』吧？」

「非常貼切啊！過去人類觀看天象，只知道宇宙有十二星座，根本不知道天外有天，宇宙中存在著跨宇宙的能量。以『元宇宙』合成的『元星座』，正代表跨宇宙的能量可以產生出變化多端、無限可能的『元星座』個性。」

「對耶！而且，不久的將來，我將擁有機器人，如果我將妳的個性下載到機器人的身上，妳就是一位適合我個性的陪伴機器人，我不單止可以在VR鏡上跟妳對話，更可以在日常生活中牽著妳的手，跟妳一起散步。這麼說來，每個機器人都需要『元星座』啊。」

若薇很快接著說：「從十二個星座挑選兩個，選擇應該是十二乘以十一除以二，等於六十六，再乘以二，就有一百三十二種『元星座』選擇。」

金水想起，那次論壇上炎漢提到很可惜沒有申請專利以保護「探索生命之旅」電玩；看來，他獨創的「元星座」應該盡快申請專利保護他的創作。

以金水過去防毒軟體的經驗，申請專利需要三年，當今數位時代，日新月異，等三年才獲得專利太慢了，必須即時創新、即時保護IP，才能獲利。

金水覺得事不宜遲，想馬上採取行動：「我們來發行NFT吧，我建立錢包，設計一百三十二種元星座的3D圖案，以及描述元星座的個性特質，其他的文書步驟妳幫我處理。」

「我搜索到古代十二星座的2D圖案，可以將二個星座合成為3D圖案，譬如說，我是雙子跟巨蟹合成的星座，可以設計一隻平放的巨蟹，然後將雙子立體地坐在巨蟹上，以這種方式設計其他的合成元星座，然後命名為『元星座1』、『元星座2』，直到『元星座132』。至於個性特質是你的創作，我還沒有相關資料。」

「妳處理3D圖案，我想想如何描述一百三十二種元星座的個性特質。」

金水在創造若薇的「元星座」個性特質的時候，是根據若芍與芙薇的個性，他對兩個人的個性非常熟悉，所以描述若薇並不難。可是對於一個理工科背景的人，以感性的文字去描述一百三十二種元星座的個性特質，的確不容易，尤其是由兩種不同個性合成的。

他很快想起家豪當年為老人們寫生命故事的時候，需要描述一個人的個性特質。金水馬上視訊家豪說：「家豪，我有一個新的創作，需要你幫忙，說不定可以發行NFT一起賺錢！」

「你果然是理工背景，趕得上潮流，什麼NFT可以賺錢？」

「你知道再過幾年，就會出現各式各樣的機器人，尤其是陪伴機器人或照顧機器人，每位主人都希望機器人有客製化的個性特質，這樣跟主人相處會比較融洽，可以縮短磨合期。我已經製造了一個客製化的若薇，是以與我相處最融洽的雙子星座以及巨蟹星座合成的，我稱之為『元星座』，我的想法是，以這個方式創造一到一百三十二種合成的元星座，發行ＮＦＴ，在每個陪伴機器人出廠之前，主人可以購買並下載他們喜歡的元星座，我會將賺到的錢與你分享。」

「我能替你做什麼？」

「你幫我描述一百三十二種元星座的個性特質，我就可以發行ＮＦＴ。」

「你的想法很好，我知道炎漢正在投入許多資源製造陪伴機器人，如果下載『元星座』，讓機器人有個性，一定更吸引人。我擔心的是，炎漢這麼自私自利，會不會盜用你的創意，讓你不能獲利？」

「ＮＦＴ的主要關鍵技術是區塊鏈，要破解並不容易。搶先發行，就能先發制人，所以我才請你幫忙，搶得先機。」

「描述『元星座』的個性特質對我並不難，我們分頭進行吧。」

家豪鉅細靡遺、鞭辟入裡地描述一百三十二種元星座的個性特質，金水發行了一百三十二個ＮＦＴ，許多知名的星座專家都大為震驚。

過去人類以十二星座搭配伴侶，缺點很多，不足以因應男女、男男、女女雙方的生活，造成全球離婚率高升。金水以一百三十二種元星座搭配，更個性化符合個人所需，縮短與伴侶相處的磨合期，迅速地讓他們步入融洽的生活。

「元星座」NFT經過關鍵意見領袖以及網紅的誇張宣揚帶風向，還有媒體的詳盡報導，臉書Meta「元宇宙伴侶」的臉友們下載「元星座」數目直線上升，金水收到以比特幣交易的高額權利金，他將一半的紅利分給了家豪。

50

這天，金水例行性查看「雲仙樂園」及「正念觀緣」的點閱率，突然收到黑盒子的金鑰送來一個警告訊息，說有駭客正試著打開資料。

金水嚇了一跳，網路無遠弗屆，駭客也無遠弗屆，究竟有誰橫衝直闖，是誤入黑盒子，還是有意挑戰突圍？不管怎樣，金水馬上將金鑰再升級。

金水才剛以最新的演算法加密黑盒子後，碰巧就接到潘教授來電，請他過去討論事情。

＊＊＊

過去三年，潘教授帶領著「匿名者挖礦國家隊」努力挖礦，但要破解比特幣發行的密碼並不容易，因此遇到瓶頸，停擺下來。潘教授需要密碼學專家，所以請金水到辦公室來討論。

潘教授一看到金水進來，馬上問他：「來來來，破解密碼用的是金鑰，那什麼是金鑰？」

金水停頓了一下，思考潘教授想了解金鑰的動機，心想應該以最基礎的方法來解釋，便說：「簡單解說的話，要回溯到西元前凱撒大帝為軍事訊息加密及解密的方式，後人稱它為『替換式密碼』，將英文字母從1到26順序排列，寫軍令的時候所用的字母往右偏移三次，就是加密『加3』，解讀軍令的時候反向還原原文，就是解密『減3』。『加3／減3』，就是加密、解密的『金鑰』。」

「以平面一維方式解密，太簡單了，現在的金鑰應該有進步，不只是平面吧？」潘教授的社會科學訓練，讓他不難以抽象空間看事情。

金水心想，他從事加密解碼專業多年，早期的確是以一維平面運算，而他現在用在黑盒子的金鑰是最新的「二五六位元區塊加密標準」，是以二維矩陣運算，可是他從來沒有想過，金鑰的演算法是跟空間維度相關。

他連忙肯定潘教授：「對，是進化到以二維矩陣運算。」

潘教授腦袋還是比較靈光，一聽就急著追問：「金鑰的演算法從一維到二維，那你認為下一步應該是？」

金水總算突然想通什麼似的，趕緊回答：「是三維！」

「你是數學系的，三維的數學理論包含什麼？」

金水用手指數著說：「多元微積分、空間幾何、向量代數、極限理論，還有拓撲學。」

「回去好好鑽研這些空間學科吧。別忘了駭客網攻，有攻必有防，熟讀博弈經濟學，說不定也有助於破解金鑰的攻防策略。」

潘教授看來是在對金水下指導棋，但其實，他是藉此整理思緒，好對「匿名者挖礦國家隊」下指導棋。所以他接著問：「我想破解比特幣的發行密碼，你有什麼想法？」

金水在發行「元星座」NFT時，曾經深入研究區塊鏈的構成，他發現比特幣具有不可逆性，當比特幣發行之後，它的區塊鏈是不能回溯的。不過，剛剛他得到潘教授的提點，如果以三維空間思考，可能可以破解。

金水將他發行NFT的經驗告訴潘教授：「比特幣也是由區塊鏈的三個區塊——原始塊、主鏈塊、孤兒塊——連結起來，看來是一個平面，其實它們是有層次的，如果你將原始塊、主鏈塊及孤兒塊堆疊起來，從3D立體的角度去分析，說不定可以回溯到原始塊是如何發行的。」

潘教授興奮地雙手一拍，喊道：「對啊！數位世界已經進化到虛擬實境的3D立體世界了，我怎麼沒有想到可以以『堆疊』來思考？」

潘教授低頭思索，如果以「堆疊」方式破解比特幣，那麼金水所擁有的比特幣將會貶值。他抬起頭，望著金水說：「你那些發行ＮＦＴ賺進的比特幣盡快兌現為美元吧。這種不符合貨幣理論的加密貨幣遲早會被消滅。」

「為什麼？」

「貨幣的價值是從人民的工作所得、亦即生產力為據繳稅給政府，政府根據全國稅收為基礎而發行貨幣，所以生產力愈高的國家，貨幣的價值愈高。加密貨幣憑空發行，不可能存活。你有多少比特幣？」

「我上網查查看。」

金水上網登入電子錢包，才發現「元星座」的權利金累進到十個比特幣後，就停止進帳了。他想起家豪的話，他的創作可能被炎漢盜用。

金水對潘教授說：「有十個比特幣，應該不會再增加了，因為有人盜用我的設計。」

「盡快兌現吧！一個比特幣約值五萬美元，十個就是五十萬，足夠你十幾二十年的生活費，不需要倚靠我了。」

潘教授欣喜地想，根據今天的討論，他的「匿名者挖礦國家隊」應該很快就可以讓比特幣破產！

51

竹科人一生從事電子電腦工作，只懂電腦語言，沒有別的愛好，因此潘教授籌組「匿名者挖礦國家隊」的時候，就想到要聘用竹科人。

潘教授猜想，在比特幣挖礦停滯不前的期間，這些超高齡的科技人無所事事，一定是戴上了ＶＲ裝置，沉迷在「雲仙樂園」，繼續從事他們熟悉的科技相關工作。於是潘教授戴上ＶＲ鏡，登入「雲仙樂園」查看，果然！張大志沉迷在「專業顧問平台」，提供自駕車的安全防護措施；陸春生沉迷在「獨董平台」，提供科技公司的研發策略；只有李一帆，沉迷在「戀愛平台」，與每一位「元星座」伴侶相處的賞鮮期過後，就汰換另外一個「元星座」伴侶，從１到１３２，樂此不疲。

潘教授拿下ＶＲ鏡，感覺有點暈，虛擬空間太奇幻了！而他同時感到意氣風發，迫不及待要依金水的提示以３Ｄ挖礦，所以馬上召集「匿名者挖礦國家隊」，再次啟動挖礦。

張大志接獲潘教授開會通知，走在臺北街頭，路上有一半的行人都是中年以上，他想起國發會最新的人口報告，臺灣每四人就有一位是六十五歲以上老人。

路上還有少數像張大志一樣的八、九十歲老人，日常沉溺在ＶＲ的虛擬世界中，受系統副作用影響，荷爾蒙分泌過盛，他們昂首闊步，精神抖擻，沒事找事做。幸好他們都是「雲仙樂園」的玩家，不會衝動地去製造社會恐慌事件。

會議開始，潘教授對張大志、陸春生、李一帆說：「前幾天跟王金水見面，他建議以3D挖礦。你們有政府宅配最新的VR裝置，三人同時在雲端，當發現新的比特幣發行的時候，兵分三路，同時將原始塊、主鏈塊、孤兒塊堆疊起來，然後同步以立體3D空間去分析，試著去破解比特幣的發行密碼。」

他們三人本來就是VR鏡從不離眼，潘教授叫他們戴上VR鏡挖礦，當然樂此不疲，興致盎然。可惜經過一段時間，仍然毫無所獲。

有一天，負責孤兒塊的李一帆覺得很奇怪，孤兒塊中含有一個隨機數值，是解決散列難題的數字，可以獲得發布塊授予的權利。這個數值應該儲存在一個孤兒塊就足夠了，為什麼需要五個孤兒塊？

李一帆根據潘教授所說，以3D立體來分析，他將五個孤兒塊堆疊起來，然後從最高的一塊穿透到最底層的區塊，發現一個隨機數值居然被分割成五個部分，儲存在五個孤兒塊中。

李一帆的邏輯及抽象分析能力強，於是他將片斷的隨機數值分解後重組起來，便延伸為發行比特幣的密碼。接著，他將所有隨機數值資料輸入ＡＩ做深度學習，如此一來，終於可以製造隨機的「原始塊」而大量發行比特幣！

潘教授如獲至寶，命令他們發行比特幣，以每分鐘五個，一小時三百個，一天七千二百個，一年二百六十萬個，十年二千六百萬個。當比特幣供應量源源湧入，供需失衡，比特幣對美元的兌換值從五萬一直往下跌，直到供過於求，比特幣全面貶值後，終於破產了。

潘教授如願以償，他召集「匿名者挖礦國家隊」視訊會議，對大家說：「謝謝你們，經濟學的『無形之手』又顯靈了。你們知道為什麼嗎？」

張大志比陸春生、李一帆多戴了十多年的ＶＲ裝置，看事情的角度更為深入：「因為從高空看事情，能看到物件在立體空間的變化。」

「不錯，你的想像力豐富。我曾經說過，經濟學也是有機體，當供需失衡，在雲端那隻『無形之手』就會出現，讓供需平衡。」

陸春生就是好辯，不服輸地說：「是我們在雲端操盤比特幣呀！」

李一帆理解力比較深刻，了解潘教授的意思：「你說的雲端是網路，教授說的雲端是大自然生態的有機體，對吧？」

潘教授回應說：「對，所以才稱為『無形之手』。網路是有形的，我們挖礦的熱情能量是無形的。現在大功告成，熱情還在，我會將餘命的熱情投入『未來經濟學與貨幣政策』的論述，希望有朝一日可以獲得諾貝爾獎。你們想做什麼？」

三人簡直異口同聲：「先狂歡一陣子再說！」

＊＊＊

潘教授對大家簡單敘述了金水過去的參與，就宣告解散「匿名者挖礦國家隊」。

張大志從潘教授口中得知，炎漢處處為難金水，他憤恨不平，於是駭入炎漢的自駕車系統，破壞定位系統，讓炎漢的自駕車暴衝，墜落於陽明山山谷死亡。而他在近百歲高齡之際，荷爾蒙分泌耗盡，終於在睡夢中辭世。

「匿名者挖礦國家隊」任務結束之後，陸春山仍然活力充沛、思考敏捷，他聰明過人，加上從不認輸的個性特質，不相信以自己的能力，無法以ＡＩ／ＶＲ科技醫治老伴蔡敏婕多年的失智症。

陸春生與蔡敏婕自從大學認識以後，因為兩人原生家庭與成長背景一樣，又是理工學科畢業的，理性多於感性，感情單純，要求不高，只要日子過得好，就覺得是全世界最幸福的夫妻。

這十年以來，敏婕從失智症初期的健忘病症，經過混亂期，到現在的癡呆期，已經不能區別現實或非現實，活在自己的幻想世界之中。春生知道老伴跟他的時日不多了。

春生與敏婕自從兩人認識之後就沒有分開過，春生想陪著老伴共同走完他們的「最後一哩路」。他幫敏婕戴上VR裝置，自己也戴上VR裝置，當敏婕想進入她的異想世界，春生即時地創造她想看到的虛擬3D虛幻世界，讓敏婕不受身體障礙與不友善環境的影響，在色彩繽紛、真幻難辨的溫暖環境中，毫無拘束、自由自在地遊蕩，分享彼此的感受。

他們兩人天馬行空地活在跳躍且不連貫的情境中，過去、現在、未來混淆不清。兩人盡情享受著生活的每一瞬間，竟然忘記了喝、忘記了吃，最後連呼吸也忘記了，一同進入了兩人創造的雲端世界之上。

李一帆不改本性，仍是三、五天就換一位「元星座」伴侶，在「戀愛平台」與不同的伴侶纏綿，直到油盡燈枯，精力耗盡而愛死在床上。

只有呂中茂，自從楊芙薇過世後，一生奉公守法的他，到達適齡者的平均壽命年齡，就規規矩矩地戴上政府宅配的ＶＲ裝置，進行「探索生命之旅」，孤獨地走完生命的最後一哩路，在嗜睡中善終。

第六部

52

二〇四〇年，自從政府全力推動「智慧驅動、AI行動」後，智慧機器人開始在智慧工廠、智慧家庭、智慧城市默默地為人民服務。

為了解決超高齡老人的照顧人力短缺問題，政府發放給九十歲或以上的每位老人一位智慧照顧機器人。

金水戴上了經過一再優化的VR鏡，比以往的裝置輕便多了，對若薇說：「如果我將妳的元星座個性特質下載到政府分配的智慧照顧機器人身上，妳就是一位適合我的陪伴機器人，我不單止可以跟妳對話，還可以跟妳散步。」

「不行，人的骨骼有兩百零六塊骨頭，行動的時候還需要用到關節與肌肉系統。你看，所有機器人走路都卡卡的，我在VR鏡中不只動作輕盈，還是美肌、美膚、美姿呢！而且我的虛擬影像長得有點像若芍，又有點像芙薇啊！」

「對啊，連表情都像！妳就這樣子陪伴我，最好不過了，等以後機器人技術趨於成熟再說吧。不過，我需要一位照顧機器人處理家事，我們應該替她取一個名字。」

「就叫莉亞吧！」若薇是經過深度學習，了解金水的偏好才決定的。

「名字好聽、好叫！妳真是有智慧，難怪我什麼事都跟妳商量。妳知道我最想做什麼嗎？」

「你最近研習博弈經濟學之後，就常常比手畫腳，口中念念有詞，為什麼？」

「我是以『賽局理論』的程式在立體空間上博弈，希望從攻防的策略中推算出多維的金鑰演算法。妳覺得怎麼進行會更好？」

「我想想……」若薇微微抬頭看向上方，眼珠左右轉了轉後，說：「模擬『立體空間』最好的方式，是將ＶＲ鏡中的３Ｄ螢幕投射出來操作。那我先告退吧，這樣你才好投影進行。」若薇說完後就從ＶＲ鏡中消失。

九十歲仍能量充沛的金水，馬上將ＶＲ／３Ｄ螢幕投射在空中，雙手雙腳都戴上指尖套，手臂貼上電子皮膚，將幾何、向量、矩陣的演算法投影出來，然後左右手隔空地推動立體多維方塊，不斷地試算，以找出進階金鑰的方程式。

金水凝視空中，像打太極拳一般，手舞足蹈，一下單手出拳，一下單腳站立，雙腳在地上畫弧線後雙手同步出拳。他以左手模擬「駭客」以一個方程式試算解密金鑰，又以右手模擬「資安專家」以另外一個方程式加密，防止金鑰被解密。然後整合從左右手競合或對抗中所產生的所有方程式，預測駭客的演算法，制定優化金鑰的最佳策略。金水一天復一天、一年復一年地沉浸其中。

某一天，金鑰終於被金水的左手「駭客」破解了三維；之後，金水開始在三維空間內發展多面稜錐體，四面錐體先是被右手破解；再升級到五面錐體，過了幾年，總算又被左手「駭客」破解。金水以右手模擬「資安專家」試著去製造一個六面錐體加密的金鑰，他發現，升級到六面錐體的確是難於登天，金水陷入研發瓶頸。

像金字塔一樣，金鑰可不是一天就能造成的！金水經過一年又一年的左右博弈，加以拓撲學的數學模型，才將金鑰堆疊矩陣區塊成為三維，再逐步演進到五面錐體……五面錐體是不是人類的極限？

金水心想：自古以來，如何建構埃及金字塔是一個不解的祕密，人類哪裡來的智慧可以建造金字塔？如果能從金字塔獲得啟發，說不定他就能突破五面錐體的極限。

金水將金字塔投射在螢幕上，金字塔順著時鐘方向轉動。他心中默默數算著：「一面正三角形，二面正三角形，三面正三角形，四面正三角形。」

只有四面，哪來第五面呢？

金水右手往螢幕一揮，金字塔底層翻向上方，原來金字塔的底座是一個正四方形所構成的，它支撐著上面的四面正三角形，果然是五面錐體。

金水在螢幕上以演算法從金鑰的一面到五面再次地推算，只能得到五面錐體的方程式，他需要達到六面的方程式，該如何運算？

金水想起，進入工研院的那一年，他看過仙姑手上那可以通靈的六角形盒子，難道，五面錐體的頂尖指向天空直通天體，是暗示：從跨宇宙接收到的訊息才能建造金字塔？

如果是這樣，金字塔的五面，加上宇宙的空間就是六面，這不正驗證了：地球上萬物都是從天上跨宇宙的能量而產生的！

金水略有所悟，他應用空間幾何推算，跨宇宙可能是以量子計算。他試著將五面金鑰的演算法投放在螢幕上，導出切換方程式，然後開始比手畫腳、手舞足蹈，將螢幕上密密麻麻的金鑰數位位元轉變成量子位元。

金水的身體進入了量子電腦複雜的量子運算狀態，開始抖動起來，有時候還會上跳下蹲。螢幕上的位元，隨著金水以身體的操作，透過量子糾纏、量子疊加、量子組合，快速地進行因數分解，產生了一個隨機性量子位元，加入五面金鑰後，終於，螢幕上顯示出一個六面金鑰模型！

金水大功告成，終於訂定了一套具有六面的「稜錐區塊加密標準」，並以這個標準製造了一個密不可破的金鑰。他將六面金鑰的博弈策略、量子加密演算法和量子解密演算法，全部記錄在雲端的資料庫中。

他有信心，有朝一日這套金鑰系統會令他名利雙收！

53

平板時間顯示為「二〇五〇年一月二日，05：06：00」，金水手拿著平板，以意志力撐著快打不開的眼皮，正準備按下「清除」鍵，將若薇「殺掉」——「病毒掃描」軟體只剩十七秒就完成了。

金水已經一天一夜沒有睡覺了。

百歲的金水挑燈夜戰，以「複製資料、自我升級、病毒掃描」三個方式去抓系統蟲，他不眠不休、通宵達旦地處理資料；加上最近與若薇的博弈、攻防，讓他身心俱疲，體力不支。不知何時，就伏案在桌子上昏迷過去。

他腦袋中開始出現幻覺：阿發狗、銀光狗、靈光狗在空中轉動……朦朦朧朧中，金水似乎看到若薇從房間走出，拿起他的平板……

金水的身體也進入了斷食、嗜睡狀態，生命岌岌可危。此時，他竟緩慢地呢喃念起了天堂路的通關密碼：「3、1、2、2」……

＊＊＊

幻夢中，金水看到使者的白影在雲端出現，臉上掛著「含笑而去」的表情，他知道，這次自己是帶著生命毫無懸念的笑容，來到了「*i*天堂」。

只是，金水還有一事不解，他問使者：「可是我還沒有達成解救地球人口過剩的危機啊？」

「就在你昏睡的時候，若薇已經破解你的密碼，盜取了你的金鑰。她的任務是試著運用金鑰的運算法，駭入兩個敵對國家的國防網站，盜取國防機密加以修改，製造假訊息、假情報、帶風向，操弄兩個國家的軍隊，擦搶走火，引起本世紀末的第三次世界大戰，增加死亡率，以解地球人口超過百億之憂。」

「原來若薇也是接受『上面』的指令！」

「你的任務已經完成了，所以『*i*天公』派遣我來接你上去，也要多虧你洩漏了天機。」

「我沒有啊！什麼天機？」

「若薇在你的平板上看到一段文字，她是以這段文字才能破解你的密碼，就是這段文字洩漏了天機。」

金水想起來，他在平板上寫著：「靈魂從哪裡來，如何回去？」

天命注定，金水將他的人生劇本完美無缺地演完，含笑而去。

後記

謝謝您打開這本書！

您相信有靈魂嗎？

我相信，但是沒有人可以解釋，「靈魂」究竟是什麼？

所以我試著寫小說去了解靈魂。

小說中描述，地球自從有了互聯網，人類就生活在虛中有實、實中有虛的雲端，而我們的情緒也被雲端的ＡＩ演算法操弄。我們的人生，就像是劇本一般被編寫在「靈魂胎誌」之中，每個人該如何忠於原著地將它演完，才能獲得「天堂路的通關密碼」。

我不了解，為什麼社會上有勝利族，也有邊緣人？為何有人可以從工作上榮退，有人卻黯淡而去？

我寫小說，可以從第三者的角度看人生，更可以從高度看人生。原來我的人生只是全球八十億人口的其中之一！

過去五年，我沉浸在自己創造的小說人物之中，發現每個「靈魂胎誌」都不一樣，我深深體會到「天命注定，不攀比、不批評、不抱怨」！

如果靈魂終會回收及恢復，人世間的悲、歡、離、合，再也沒有什麼可以惋惜的了！

感謝我的心靈伴侶平路隨手從她的書架中撿來的書給我閱讀，增加我生命的養分，更從多年閱讀她的小說手稿而啟發我嘗試小說創作。

謝謝亦師亦友推薦或賜序的王師、李正雄、雷輝、廖玉蕙、盧建彰。衷心感謝您們對我的支持與鼓勵。

謝謝社長陳蕙慧、總編輯戴偉傑、主編李佩璇、行銷企畫陳雅雯、趙鴻祐，沒有木馬文化編輯團隊的厚愛，我這本小說不可能出版。

雲端操弄者

作者	黃世岱
社長	陳蕙慧
總編輯	戴偉傑
主編	李佩璇
校對	呂佳真、李佩璇
行銷企畫	陳雅雯、趙鴻祐
封面設計	兒日設計
內頁排版	宸遠彩藝
讀書共和國出版集團社長	郭重興
發行人	曾大福
出版	木馬文化事業股份有限公司
發行	遠足文化事業股份有限公司
地址	231 新北市新店區民權路 108-3 號 8 樓
電話	(02)2218-1417
傳真	(02)2218-0727
Email	service@bookrep.com.tw
郵撥帳號	19588272 木馬文化事業股份有限公司
客服專線	0800-221-029
法律顧問	華洋國際專利商標事務所　蘇文生律師
印刷	前進彩藝有限公司
初版	2023 年 6 月
定價	380 元
ISBN	978-626-314-420-0(平裝)

國家圖書館出版品預行編目（CIP）資料

雲端操弄者 / 黃世岱著 . -- 初版 . -- 新北市 : 木馬文化事業股份有限公司出版 : 遠足文化事業股份有限公司發行 , 2023.06

304 面 ; 14.8×21 公分

ISBN 978-626-314-420-0（平裝）

863.57　　112005196